蒼天行盜
第二輯
卷4
核心科技
石章魚 著

世上沒有永遠的敵人
只有共同的利益

目錄

CONTENTS

第一章

不是你死就是我活

鄭萬仁道：「將這件事散佈出去，
讓羅獵明白最初害他的人是誰。」
無論他們情願與否，現在必須要和羅獵站在對立面上了，
江湖就是這樣，不是你死就是我活。

鄭千川默然不語，心中懊悔無比，羅獵的這句話倒是沒有說錯，如果不是自己去主動招惹他，又怎會有今日的惹火燒身？他咬牙切齒道：「你血口噴人，我和日本人又有什麼關係？」

羅獵道：「你的底我清楚得很，喜妹是我的妻子，你的事她全告訴了我。」

鄭千川聽到這裡已經知道自己根本瞞不過去了，他呵呵笑道：「她又是什麼好人了？你說我是日本特務，你不一樣娶了一個日本間諜當老婆？」

羅獵道：「你沒資格跟她相比！」他揚起手，一道刀光刺入鄭千川的咽喉。

狼牙寨並沒有發生大規模的內部衝突，畢竟程富海這位德高望重的老前輩在，而且其他的幾位當家幾乎一邊倒地站在程富海這一邊，原本追隨琉璃狼鄭千川的常旭東也不是傻子，看到眼前局勢改變，馬上就明智地選擇倒戈。

事實證明，即便是打家劫舍的強盜他們也不願意跟漢奸扯上關係。程富海將眾人召集到小廣場之上，當著眾人的面歷數琉璃狼鄭千川的罪行，又將他勾結日寇，陷害岳廣清的事情說了。

一時間群情激昂，就連鄭千川的近衛軍也開始聲討昔日的主子，有人看到形勢不妙趕緊悄悄溜走。

就在眾人紛紛指責聲討之時，一顆人頭突然飛了出來，在雪地上滾了幾滾，眾人定睛望去，只見那顆人頭正是鄭千川的，這一來原本還指望著鄭千川回來收拾局面的人也不再抱有任何期望，正所謂樹倒猢猻散，大局已經完全被控制在岳廣清一方的手中。

鄭千川死了，狼牙寨需要選出新的首領，老五黃皮猴子黃光明道：「諸位兄弟，我們狼牙寨經此一劫，元氣大傷，可還好蒼天庇佑，助我們剷除奸佞，撥雲見日。鄭千川死了，可是咱們狼牙寨不可一日無主，以我之見，需要儘快選出大當家帶領咱們重整雄風才是。」

他的提議馬上得到了眾人的回應，有人道：「我看就四當家，四當家德高望重，自然是他來坐這個位子。」

「對，這個位子原本就該程四爺的。」現場幾乎是一呼百應。

程富海伸出雙手做了個下壓的動作，示意眾人先靜下去，他大聲道：「諸位兄弟，我程富海什麼斤兩我自己清楚，如果說讓我去衝鋒陷陣，我肯定第一個衝在前頭，可如果說讓我來坐頭把交椅，我雖然敢坐，卻沒有能耐帶著你們重整雄風，跟著我恐怕只能喝西北風了。」

下面傳來幾聲善意的笑聲。

程富海道：「這次剷除鄭千川這個漢奸，讓咱們狼牙寨撥雲見日，老七立了頭功，當初鄭千川陷害他，逼得老七不得不逃離凌天堡，事實證明了老七的清白，我看老七智勇雙全，這頭把交椅應該他來坐！你們誰不同意？」

其實本來以岳廣清的資歷還輪不到他坐這個位子，但是程富海既然把話撂在了這個地方，誰還敢公開不同意，再者說在蕭天行活著的時候最為看重的就是岳廣清，還多次在眾人面前流露過要讓岳廣清成為他接班人的意思。

岳廣清推辭了一下，可是架不住幾位結拜兄弟的支持，只好來到台上，疤臉老橙程富海讓開位置，醜怪的臉上難得露出友善的笑容。岳廣清道：「多謝幾位大哥的抬愛，多謝諸位兄弟的支持，我岳廣清何德何能可以坐在這個位置上？」

下面突傳來一個聲音道：「不錯，你何德何能？你不是投靠了張同武嗎？」

程富海怒道：「那個混蛋，給我站出來！」

岳廣清慌忙阻止他，他微笑道：「這位兄弟的話我聽到了，我當時被鄭千川所迫，在走投無路的情況下隱姓埋名去了張同武的麾下，我之所以去他那裡，而沒有選擇徐北山，是因為我知道徐北山為日本人效命，張同武雖然也是軍閥，可至少他還知道愛國，現在張同武也已經被日本人炸死了，張凌峰也是個親日派，他不去給他老子報仇，反而奴顏婢膝向日本人低頭，他和徐北山已經沒什麼兩樣，這樣的人，我岳廣清又怎會和他同流合污？」

現場鴉雀無聲。

岳廣清道：「我回來不僅僅是要證明自己的清白，不僅僅要將鄭千川這個漢奸除掉，我還要告訴兄弟們知道，在滿洲，徐北山不能指望，他張凌峰也不能指望，日本人更不能指望，我們想要活下去，只有指望咱們自己！」

現場歡聲雷動，岳廣清的這番話說到了每個人的心坎裡。

呂長根和黃光明對望了一眼，兩人本來還有些不服氣，可現在是完完全全心悅誠服了，岳廣清的能耐他們比不上。

岳廣清道：「我們都是中國人，這蒼白山是我們的土地，這滿洲的白山黑水養育了我們，在我們的心中等同於我們的父母，現在日本人侵佔了滿洲，在滿洲作威作福，等同於踐踏凌辱我們的父母，難道你們還不清醒嗎？我岳廣清有一口氣在就不能讓這些賣國軍閥作威作福，就不能讓小日本侵佔咱們的國土，凌辱我們的同胞。」

現場掌聲雷動，呂長根大呼道：「打倒賣國賊，打倒小日本！」他的聲音很快就得到了所有人的呼應，整個凌天堡發出山呼海嘯的高呼聲。

羅獵聽到了他們的吶喊，他已經離開了凌天堡，靜靜站在白雪覆蓋的山巔，這裡是蘭喜妹的埋骨之地，空中雪花，一片一片悠悠蕩蕩地落了下來，風捲著雪花，在空中形成了一道幻影。

羅獵彷彿看到了蘭喜妹就出現在自己的前方，她披著用白雪做成的長袍，美麗的面孔近在咫尺卻又不可觸及，明澈的雙眸深情的望著羅獵。

羅獵輕聲道：「喜妹，我知道你在看著我，小彩虹長大了，她過得很開心，她能言善辯，我都快說不過她了，她還學會了好多歌，唱得很好聽……青虹對她很好，她已經將青虹當成是自己的親媽媽了……」說到這裡羅獵的聲音哽咽了，小彩虹甚至已經不再記得她的母親，無論是自己還是葉青虹都在刻意迴避著，他們並不是想要讓小彩虹永遠忘記母親的存在，只是想保護她，讓她過一個無憂無慮的童年，他和葉青虹商量過，等小彩虹長大，可以承受傷痛的時候，他們會原原本本地告訴她，還會帶她來這裡拜祭自己的母親。

「你怪不怪我？」

蘭喜妹的幻影仍然在微笑，回答羅獵的只有呼嘯的北風。其實這也是蘭喜妹所希望的，她最希望的就是女兒能夠過一個快樂的童年。

羅獵道：「我這輩子恐怕再也無法償還你對我的這份深情了……」他想起蘭喜妹為自己做過的每一件事，她為自己捨生忘死的情景宛如電影一般一幕一幕的呈現，羅獵再也無法控制住自己心頭的悲痛，熱淚在他的臉上肆意奔流。他又怎能不知道，蘭喜妹對自己的愛是不求回報的，這個世界上她唯一愛的人就是自己，為了自己她可以對抗整個世界。

羅獵道：「我想過放棄，可是我說服不了我自己，我仍然會去，你知道的，你瞭解我，所以你才會背著我去找青虹。」羅獵的唇角露出笑容，臉上卻仍然流著淚。

直到蘭喜妹生命終結的那一刻，她都還在為自己考慮，她生下小彩虹，目的是要讓自己在這個世界上有個牽掛，不至於因為她的死而從此消沉下去，她去找葉青虹，不僅僅是為了女兒，更是要一份新的感情讓自己儘快振作起來，在蘭喜妹的心中只為了一個人活著，那就是自己，甚至連小彩虹都比不上自己，在蘭喜妹在西海拚命阻止自己的那一刻，羅獵明白了她的執著和真情，也明白了自己就是她的整個世界，蘭喜妹把她的一切都給了自己，而自己卻只給了她三年的時光，羅獵因此而歉疚，這份歉疚和深深的思念將陪伴他的一生。

張凌空最近和任天駿走得很近，以任天駿的智慧不難看出張凌空主動攀附的意思，否則他又怎麼可能忍痛割愛，將藍磨坊的那塊地皮賣給了自己，說是賣其實和白送沒有分別。

任天駿很快就讓人在這裡修了一座公園，公園的中心為父親任忠昌立了一塊紀念碑，他能做的也只有這些了，立碑的當天，任天駿並沒有邀請任何人，只是帶著兒子過來，望著紀念碑上父親的生平簡歷，任天駿卻沒有任何的滿足和成就感，心願完成之後剩下的卻是失落，任天駿不由得想到，將來自己死的時候，不知誰會給他立碑著傳。

會是自己的兒子嗎？任天駿低頭看了看兒子，任餘慶抓住父親的手，他對這座紀念碑竟然產生了畏懼。

任天駿道：「這是爺爺的紀念碑。」

任餘慶道：「爺爺埋在下面嗎？」

任天駿搖了搖頭：「只是紀念他，讓天下人都知道他曾經來過這裡。」

任餘慶道：「為什麼要讓別人知道？」

任天駿居然被兒子給問住了，是啊，為什麼要讓別人知道？歷史到底會給父親留下怎樣的評判，自己為他立下的紀念碑究竟會在若干年後帶給父親榮光還是恥辱？自己當真是為了父親嗎？還是為了求得自己的心安？任天駿有些迷惘。

任餘慶道：「爸爸，咱們走吧，我有點害怕……」

任天駿點了點頭，準備帶著兒子離開的時候，卻看到張凌空過來敬獻花環，從這件事就能夠看出張凌空非常的用心，任天駿讓部下先將兒子帶上了車。

張凌空道：「我聽說當年尊父就是在藍磨坊遇難的？」

任天駿的表情居然風輕雲淡：「好多年的事情了，不提也罷。」

張凌空道：「督軍，這個週末我在百樂門舉辦舞會，還望督軍能夠賞光。」

任天駿道：「局勢這麼亂，你還有心情舉辦舞會啊。」

張凌空苦笑道：「總得活下去，在黃浦如果不結交朋友，肯定寸步難行。」

任天駿道：「張先生不缺朋友吧，你那麼有錢，多少人等著跟你結交呢。」

張凌空歎了口氣道：「別人不知道我的底細，督軍又怎會不知道？我可沒什麼錢，所有風光都是表面上的，其實我現在管理的這些物業全都是張家的，賺了再多也跟我沒什麼關係。」

任天駿道：「張大帥的葬禮你都不回去？」親叔叔的葬禮張凌空都不回去參加，於情於理都說不過去。

張凌空向周圍看了看，壓低聲音道：「不敢回去。」

任天駿因他的話而笑了起來：「怎麼不敢？怕死啊？」

張凌空居然點了點頭：「怕，如果我回北滿參加葬禮，估計十有八九是離不開冰城了，我那個兄弟就算不殺我，也不會讓我再回黃浦。」

任天駿道：「殺了你，除非他張家在黃浦的錢他不想要了。」

張凌空道：「我那個兄弟什麼蠢事都幹得出來，他一直看我不爽，認為我把張家的錢都裝到了自己的腰包裡，幸虧我叔叔明白事理，可現在……」他長歎了一口氣，叔叔的死讓他惶恐不已，他在聽到叔叔死訊的那一刻就產生了離開黃浦甚至離開國內的想法，可是他又不甘心，不甘心自己刻苦經營的物業白白便宜了張凌峰。

任天駿道：「聽說張大帥是被日本人炸死的。」

張凌空道：「都那麼說，可沒什麼證據。」

任天駿道：「張凌峰也是個沒骨氣的東西，他老子被日本人炸死了，他居然還能向日本人低頭。」

張凌空道：「我也為此煩惱不已，本想著將張家的這些物業還給他，可如果給了他，豈不是白白便宜了日本人，我叔叔若是泉下有知，也不會原諒我。」

任天駿心中暗自冷笑，張凌空說得冠冕堂皇，可實際上還不是捨不得將這塊肥肉還給張凌峰，任你說得冠冕堂皇，也改變不了你想霸佔張家物業的事實。

張凌空道：「我叔叔遇害之後，許多存心不良之人就開始覬覦他的物業。」

任天駿道：「張先生指的是誰？」

張凌空道：「法租界的某位華董正聯合一些人想要強買我的物業，將我擠出黃浦，就連這塊地他也想收回呢。」

任天駿當然清楚他指的是白雲飛，他並沒有發表任何的看法。

張凌空道：「其實如果任督軍願意，我們倒是有合作的可能。」他偷偷望著任天駿，心中充滿了期待。

任天駿道：「我對做生意向來都沒什麼興趣，張先生好意我心領了。」

張凌空難以掩飾心中的失望，他怎麼也理解不了，為何任天駿面對那麼大的利益都不動心。

任天駿其實早就看明白了局勢，白雲飛和陳昊東聯手想要吃掉張凌空，這註定會是一場混戰，自己就算插手也沒必要現在加入亂局，讓他們幾個跳樑小丑去鬧，等鬧夠了自己再出手收拾局面。

任天駿藉口要帶兒子回去，上車絕塵而去，只留下張凌空呆呆站在陵園內，他看了看那紀念碑，心中充滿了怨念，想不到自己送了那麼大一份禮都沒有獲得任天駿的支持，這位年輕的督軍也是個吃人不吐骨頭的狠角色。

張凌空聽到身後的腳步聲，以為任天駿去而復返，轉過身去，卻看到來的是白雲飛，白雲飛嘴上叼著雪茄，在距離張凌空兩米左右的地方停下了腳步，咧開嘴笑道：「張先生比我來得還早。」

張凌空沒好氣道：「督軍都走了，您這會兒來，他也看不見。」

白雲飛道：「我沒想著巴結他，走了就走了，我也不是來拜祭誰，就是想看看這園子景致如何。」他摘下墨鏡看了看周圍環境，嘖嘖讚道：「不錯，任督軍倒是個孝子，張先生也真是大方啊，這麼好的一塊地說送出去就送出去了。」

張凌空冷冷道：「不是送，是賣！」

白雲飛道：「到底是怎麼樣咱們心裡都明白。」他哈哈笑了起來。

張凌空冷哼了一聲，話不投機半句多，轉身想走。

白雲飛卻道：「張先生留步，我有一事想要請教。」

張凌空道：「受不起！」

白雲飛道：「張大帥遇害身亡，以後這黃浦的物業還是您負責料理嗎？」

張凌空道：「我們張家的事情就不勞外人費心了。」

白雲飛道：「家事、國事、天下事、事事關心，張家的事情可不是小事，張凌峰上位，恐怕早晚都會把你的經營權要回去吧？」

張凌空怒視白雲飛，雙目之中就快噴出火來。

白雲飛道：「不如咱們談筆生意，趁著你現在還有經營權，把你手頭的這些物業全都賣給我，我給你一個合理的價錢如何？」

張凌空道：「合理的價錢？」

白雲飛道：「此前跟你說過的價錢，我再加兩成，如何？我夠不夠誠意？」

張凌空道：「穆先生真是大方，你加兩成，就算你翻一倍，這價錢也不到本身價值的三成，穆先生這裡是租界，好像不許明搶啊！」

白雲飛哈哈笑道：「除了我，誰還敢接手你手上的這些物業，留給你的時間好像不多了，只要張凌峰把他老子的後事料理完，估計很快就會想到你了。你不把這些物業賣了，到時候就是竹籃打水一場空，如果張凌空收回，你連一個子兒都得不到！」他強取豪奪的嘴臉已經暴露無遺。

張凌空道：「就算我一個子兒得不到，我也不會便宜外人！」

白雲飛道：「別忘了，你販賣軍火黑吃黑的事情，你以為紙包得住火？」

張凌空道：「你血口噴人！」

白雲飛道：「是不是血口噴人你很快就會知道，發生在黃浦的事情，沒有一件可以瞞過我的眼睛，好好考慮一下，現在我是唯一能夠幫助你的人。」

張凌空快步離去，白雲飛望著他的背影，狠狠將口中的雪茄吐了出去，這個張凌空還真是不識時務，不過白雲飛心中還是有所忌憚的，他並不清楚任天駿的意思，如果任天駿當真也盯上了張凌空的物業，那麼自己就要和這位軍閥競爭，不過這裡是租界，任天駿的手如果伸到了租界裡，外國人也不會答應。

天開始下雨了，白雲飛上了汽車，常福道：「老爺，剛剛收到消息，羅獵一家已經從瀛口登船返程了。」

白雲飛道：「好事啊！我得準備接風了。」

鄭萬仁的出現讓陳昊東感到驚奇，這位長老不是去滿洲對付羅獵，怎麼又突然回到了黃浦？鄭萬仁的臉色很不好看，他在沙發上坐下，手中的文明棍重重在地上搗了幾下：「廢物！全都是廢物！」

陳昊東趕緊泡了杯茶送到面前：「長老您別動氣，到底發生了什麼事？」

鄭萬仁道：「那羅獵到底是何方神聖？他竟然殺了索命門的駱長興還有他的四大高手，還有他居然插手凌天堡狼牙寨的事，現在連凌天堡也改天換地了。」

陳昊東一聽就知道鄭萬仁前往滿洲徒勞無功，心中難免失望，低聲道：「據我剛剛得來的消息，羅獵一家已經於瀛口登船，現在已經在返回黃浦的途中。」

鄭萬仁閉上雙目，暗自盤算著，陳昊東這小子原來一直都在關注著羅獵的動向：「你打算怎麼辦？」

陳昊東道：「無論如何都不能讓他返回黃浦。」

鄭萬仁點了點頭。

陳昊東又道：「葉青虹遇刺的事情已經查清。」

鄭萬仁嗯了一聲，過去了那麼久，結果已經變得不是那麼重要。

陳昊東道：「是白雲飛策劃了行刺葉青虹的事情。」

鄭萬仁道：「我早就懷疑他，此人想要挑起羅獵和盜門之間的仇恨，讓我們相互殘殺，這樣他就可以坐收漁人之利，真是夠歹毒。」

陳昊東道：「黃浦雖大，卻容不下那麼多人。」

鄭萬仁道：「將這件事散佈出去，要讓羅獵明白最初害他的人是誰。」無論他們情願與否，現在必須要和羅獵站在對立面上了，江湖就是這樣，不是你死就是我活。

陳昊東道：「白雲飛那邊尚需合作。」

鄭萬仁道：「一個品性如此卑劣之人，你還準備跟他合作？」

陳昊東道：「**世上沒有永遠的敵人，只有共同的利益**，這是您教我的。」

鄭萬仁歎了口氣，他看了陳昊東一眼，感覺到陳昊東這段時間的成長，看來人只有在經歷危機的時候才能迅速長大，鄭萬仁感覺自己老了，尤其是在弟弟的死訊傳來之後，鄭千川死得很慘，只剩下一個頭顱，連屍體都沒找到。鄭萬仁本想借助索命門和凌天堡的力量，甚至在一開始的時候他認為自己有些小題大做了，然而事實證明，他仍然低估了羅獵的能力。

鄭萬仁甚至有些自責，如果自己當初沒把弟弟牽涉到這件事中來，或許就不會導致他的死，也不會導致凌天堡變天。

陳昊東道：「他回不來了！」

鄭萬仁不知陳昊東哪來的自信，他應當在羅獵的歸途中有所計畫，不知為何，鄭萬仁根本不看好這件事，連自己精心佈置的殺局都被羅獵化解，陳昊東又有什麼能耐將羅獵除掉？

鄭萬仁道：「我走了！」

陳昊東詫異道：「這就走？我給您老接風洗塵。」

鄭萬仁意味深長道：「有些東西是洗不掉的。」來到外面，抬頭看了看灰沉沉的天幕，他向司機道：「雲飛路，九號！」

鄭萬仁所說的地址是麻雀居住的地方，他和麻雀的相識還是在歐洲，麻雀當時還沒有成為侯爵夫人，那時候的麻雀陷入了一場麻煩之中，鄭萬仁和她的結識也源於這件事。

麻雀這段時間一直處於忐忑不安中，她關心羅獵，卻不敢主動聯繫他，只能從其他的管道打聽他們一家的關係，葉青虹的遇刺讓她和羅獵之間多年的友誼瀕臨破產，麻雀感到內疚的同時還覺得委屈，葉青虹的遇刺和她無關，她由始至終都沒有產生過要去傷害葉青虹的念頭。

麻雀也因此疏遠了陳昊東，雖然陳昊東堅決否認他和葉青虹的遇刺有任何的關係。

對鄭萬仁，麻雀是抱著還債的心思，當年她在歐洲遇到的那場麻煩，如果不是鄭萬仁出手相助，憑著她自己根本無法解決，她也不會以侯爵夫人的身分返回國內。所以她才會出現在黃浦，成為鄭萬仁利益的代言人。

鄭萬仁的到訪讓麻雀感到詫異，因為鄭萬仁從不主動登門，除了陳昊東之外，很少有人知道他們之間的聯繫。

麻雀將鄭萬仁請入房內，輕聲道：「鄭叔叔，您是喝茶還是咖啡？」

鄭萬仁搖了搖頭道：「什麼都不喝，就是恰巧經過，過來看看你說說話。」

麻雀看出他的狀態不好，輕聲道：「紅茶吧。」她起身去泡了杯紅茶，放在鄭萬仁身邊的茶几旁。

鄭萬仁道：「記得上次咱們一起喝茶還在曼城。」

麻雀端著紅茶的手顫抖了一下，潑出了不少的茶水，她歉然道：「不好意思，太燙了。」她起身去拿抹布。

鄭萬仁道：「葉青虹遇刺的事情查到了。」

麻雀充滿錯愕地望著他，不知鄭萬仁這番話到底有幾分可信。

鄭萬仁道：「和陳昊東無關，也和盜門沒有任何的關係。」

其實麻雀一早就認為陳昊東做這件事的可能性不大，畢竟當時葉青虹已經決定讓步，答應將虞浦碼頭轉讓給他，陳昊東沒理由急於做出和羅獵為敵的事情。

麻雀道：「那是誰？」

鄭萬仁道：「穆天落。」

麻雀啊了一聲，她驚聲道：「他和羅獵不是很好的朋友嗎？」

鄭萬仁不屑笑道：「朋友？這個世道唯有朋友二字最為廉價，穆天落之所以這麼做也不是因為他和羅獵夫婦有仇，而是他想要挑起羅獵和盜門的仇恨，兩虎相爭必有一傷，無論結果如何，穆天落都可以從中漁利。」

麻雀道：「他得到的還不夠多？為何要如此貪婪？」

鄭萬仁道：「穆天落的底你難道不清楚？他本名白雲飛，乃是津門安清幫的首領，後來因為涉嫌謀害德國領事而不得不逃離津門，不知怎麼他和穆三壽搭上了關係，居然接管了穆三壽的產業。」鄭萬仁停頓了一下道：「葉青虹是穆三壽的乾女兒，所以我懷疑她和白雲飛之間因為繼承遺產而產生了矛盾，一直以來都是面和心不和。」

麻雀道：「這件事羅獵知道嗎？」

鄭萬仁道：「羅獵那個人表面上什麼都無所謂，可心裡比誰都清楚。」他端起紅茶喝了一口道：「我看這盜門門主之位十有八九要落在他的手裡了。」

麻雀覺察到鄭萬仁的語氣中充滿了頹廢無奈的味道，難道說他已經接受了現實？可一直以來鄭萬仁都是支持陳昊東的啊。

鄭萬仁道：「昊東這小子實在太讓我失望，你知不知道他居然和白雲飛聯手，想要吃掉張凌空的產業，根本就是趁火打劫。」

麻雀道：「在黃浦這種事很正常啊。」

鄭萬仁苦笑道：「的確正常，可凡事要分清主次，更要選擇好合作的對手，與虎謀皮，與狼共舞，到最後倒楣的只有自己，我看錯了人，陳昊東只有小聰明，沒有大智慧，這樣的人又怎麼能夠成就大事？」

麻雀道：「這麼說，你支持羅獵成為門主？」

鄭萬仁道：「憑心而論，我不喜歡他，可是我又不得不承認他有過人的能力，如果他成為門主，咱們盜門必然能夠在他的手上發揚光大。我很矛盾啊，公和私很難平衡啊。」

麻雀道：「以羅獵的性情，他未必肯當這個門主。」

鄭萬仁苦笑道：「**世上的事情就是那麼矛盾，有人處心積慮地想要，卻無法得到，有人明明唾手可得，卻不感興趣。**」

麻雀不知為何卻聯想到了感情，世上的事果真就像鄭萬仁所說的那麼矛盾。

鄭萬仁道：「不耽誤你了，我最近可能要離開黃浦了。」

麻雀起身相送：「鄭叔叔去什麼地方？」

鄭萬仁搖了搖頭道：「還沒想好，不過這次走，我可能不會再回來了。」

麻雀送鄭萬仁出門的時候，恰巧遇到了前來找她的程玉菲。鄭萬仁禮貌地向程玉菲點頭示意，然後上了車。程玉菲有些詫異地望著遠去的汽車，等到汽車走遠之後，麻雀道：「這麼冷的天你就打算站在門口嗎？」

程玉菲打了個噴嚏，跟著麻雀走進溫暖的房間內，趕緊湊到壁爐前坐下，一邊搓手一邊道：「凍死我了。」

麻雀道：「這麼久沒見你人，到哪兒去了？」

程玉菲道：「我還能到哪去？我命苦，不像你這位養尊處優的闊太太。」

麻雀瞪了她一眼道：「你別胡說，我現在是獨身，和你一樣。」

「獨身你也是侯爵夫人。」

麻雀作勢端起茶杯要砸她，程玉菲笑著站起身，脫掉大衣，解下圍巾掛在衣架上：「剛才那位老先生是誰啊？」

麻雀道：「職業病又犯了，是不是每個來我家裡的人你都要調查一遍？」

程玉菲道：「如果我沒看錯，他是盜門大長老鄭萬仁吧？」

麻雀知道她眼厲害，起身去給程玉菲煮了杯咖啡：「你對盜門很熟悉啊。」

程玉菲道：「因為葉青虹的事情，順便調查了一下，想不到你跟盜門的關係如此密切。」

「查我啊？」

程玉菲道：「查你有什麼意思？又沒有人委託我。」

麻雀道：「在你眼中是不是把我看成了一個罪犯？」

程玉菲笑著搖了搖頭道：「你這樣的人又怎麼會犯罪，別忘我認識你有多少年了，從小看到大，一個人就算怎麼變，本性都不會變，你是個善良的人。」

麻雀道：「可是我已經忘了自己過去的樣子了。」

程玉菲道：「有沒有聽說一些小道消息？」

「什麼小道消息？」

程玉菲道：「有傳言，說當初暗殺葉青虹的人是穆天落。」

麻雀道：「這種小道消息聽聽就算了，你是偵探，凡事都要講究證據的。」

程玉菲道：「其實任何犯罪都會留下證據，只要用心找，肯定可以找到。」

麻雀聽出了她這句話背後的含義，低聲道：「你找到證據了？」

任天駿從報紙上讀到了一則消息，在齊魯半島海域發生了一起兩船相撞事故，其中一艘船已經沉沒，根據目前初步掌握的情況，那艘遊艇在羅獵夫婦的名下，他們應該是從瀛口返回黃浦的途中遭遇如此噩運的。遊艇在和數十倍於自身的貨輪撞擊之後又發生了爆炸，爆炸後的殘骸沉入了海底。

任天駿看到這則新聞的時候眉頭皺了起來，他向身邊的副官道：「這新聞有沒有可信度？」

副官道：「今天黃浦的不少報紙上都刊載了這起事故，有件事能夠確定，這艘遊艇就是羅獵夫婦的，遊艇爆炸後沉沒，當然至今沒有找到屍體，估計也找不到屍體，畢竟事故的現場是在茫茫的大海裡。」

任天駿點了點頭。

副官道：「要不要去弔唁一下？」

任天駿道：「你以為他那麼容易死？」

「可……」在副官看來，羅獵夫婦這次只怕是在劫難逃。

任天駿道：「總覺得這件事有蹊蹺。」

副官道：「此前葉青虹不就在法租界遇刺了，也許他們夫婦得罪了人。」

任天駿正想說話，卻聽到外面傳來兒子欣喜的聲音：「爸，爸！小彩虹給我寄信了，小彩虹給我寄信了。」

任天駿使了個眼色，副官識趣地退下。能讓兒子這麼高興的只有小彩虹。

任天駿笑著望著一路奔跑過來的兒子，兒子的一雙眼睛亮晶晶閃著激動的光芒，手中攥著小彩虹給他寫的信。

任天駿笑道：「寫的什麼？」

任餘慶被他問住了，將信遞給了父親。

任天駿看到這封信上沒有字，都是畫，他笑了起來：「你們的信還真是讓人看不懂呢。」

任餘慶道：「看得懂，這是北平，這是火車，小彩虹是在告訴我她很快就回來了，坐火車回來！」

任天駿經兒子提醒，這才重新將目光落在那封信上，他的眉頭舒展開來，他的感覺並沒有錯，羅獵不會輕易遇害，連自己都無法對付的人，又怎會輕易死在別人的手裡？

任餘慶道：「爸爸，等小彩虹回來了，我們請他們來家裡玩好不好？」

任天駿笑道：「你說了算！我聽你的。」

「爸爸，您真好！」

聽到兒子這句話，任天駿感覺比任何東西都要寶貴，他想起了惶恐不安的張凌空，張凌空正期待著和自己的合作。只是這隻喪家之犬並沒有搞清楚他的地位，現在的張凌空還有什麼資格跟自己談合作？

等兒子離去之後，任天駿方才褪下自己的手套，他的右手已經變得如同雞爪一樣，右臂的肌肉也變得鬆弛，皮膚都是皺褶，衰老正從這裡開始一點點吞噬著他的身體，也許不久之後，自己就會完全變成一個老人，任天駿只希望這一天能夠來得晚一些，至少讓自己有機會看著兒子長大成人。

第二章

走了一步錯棋

時過境遷，白雲飛終於認識到自己當初走了一步錯棋，
然而錯已經鑄成，現在後悔也晚了，
白雲飛認為羅獵之所以會接盤張凌空的物業有報復自己之嫌，
他去見羅獵，也是想確定這件事。

圍繞羅獵一家是否死於海上的新聞紛紛揚揚，直到一周後，羅獵一家安然無恙地出現在黃浦站，所有的謠言方才開始平息。

羅獵剛剛到家，就有幾個電話打了過來，大都是問候他是否平安的，這其中還包括法國領事蒙佩羅的電話。

羅獵放下電話，葉青虹走過來遞給他一杯剛剛煮好的咖啡：「好忙啊！」

羅獵道：「很多人關心我們是否還活著。」

葉青虹笑了起來：「沒想到那麼多人巴望著咱們死。」

羅獵道：「看來他們要失望了。」說話的時候電話鈴又響了起來，這次居然是任餘慶打來的，他是找小彩虹的，羅獵讓小彩虹過來接了電話，電話中任餘慶結結巴巴說出晚上要為他們一家人接風洗塵的意思，小彩虹毫不猶豫地代表父母答應了。

羅獵和葉青虹對望了一眼，兩人笑得頗為無奈，本來還想好好在家裡歇上一天，沒想到這就要出門。其實他們也明白背後真正的邀請人是任天駿，葉青虹道：「我還是不去了，省得見面尷尬。」

羅獵點了點頭，雖然任天駿放下了那段仇怨，可畢竟他和葉青虹彼此都是殺父之仇的大怨，見了面也尷尬。

當晚羅獵帶著小彩虹準時拜訪了任家，任天駿的住處對他的身分而言有些簡樸，整個家雖然整潔卻顯得缺乏應有的活力，正像任天駿的性格。

任天駿看到羅獵父女前來，葉青虹並沒出現，心中頓時明白了原因，他也沒詢問，小彩虹和任餘慶小友重逢格外開心，兩人手牽手去參觀任餘慶的房間了。

任天駿笑道：「這就是青梅竹馬兩小無猜吧？」

羅獵也笑了起來。

任天駿道：「不如咱們結個兒女親家吧。」

羅獵道：「我沒意見啊，不過還得等他們長大看他們自己的意思。」

任天駿哈哈笑道：「是啊，現在都在講破除封建，不再提倡包辦婚姻，咱們這些當父親的可不能對孩子的事情橫加干涉了。」他指了指餐廳道：「我親手做了幾道贛北的土菜，你嘗嘗。」

羅獵道：「讓孩子們一起吃。」

任天駿道：「保姆準備了，咱們就別管了，吃自己的就是。」

兩人來到餐廳坐下，任天駿打開了一瓶白酒，給羅獵倒了一碗，自己也來了一碗，行伍之人飲酒要比普通人爽快得多，任天駿端起酒碗，他的右手明顯有些發抖：「來，為了你們一家能夠平安歸來，咱們乾一杯。」

羅獵點了點頭，和他碰了碰酒碗，兩人一飲而盡。

沒想到任天駿還燒得一手的好菜，羅獵讚道：「督軍菜做得很好。」

任天駿道：「我很小的時候父親就讓我學習做菜，他說一個男人如果連吃都吃不好，又怎能做成大事？」他拿起酒瓶為羅獵滿上酒道：「在齊魯海域爆炸的遊艇是你的？」

羅獵道：「是！」他望著任天駿微微顫抖的手道：「你的手……」

任天駿道：「戴著手套是擔心影響你的食欲，過去老到了手腕，現在已經到了肘部，照這樣的速度發展下去，可能三年之後我就會徹底進入耄耋之年。」他的臉上帶著笑容，可內心卻黯然神傷。

羅獵知道風九青在他的身上動了手腳，雖然同情，卻無能為力。

任天駿道：「人都有一死，死其實並不可怕，一個軍人最好的歸宿就是戰死沙場，可我若是死了，我兒子怎麼辦？」

羅獵道：「很多時候，孩子們比咱們想像中要堅強許多。」因為他有過自幼獨立的經歷，所以才會這樣說。

任天駿道：「也許你說得對。」

他忽然起身端起羅獵面前的酒碗：「我敬你。」

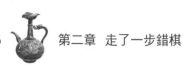

羅獵有些受寵若驚，任天駿的這份禮有些大了，他趕緊起身道：「督軍，我可受不起。」

任天駿道：「受得起，喝了這杯酒，我有一事相求。」

羅獵和任天駿絕算不上是朋友，他們還曾經是勢不兩立的敵人，如果不是因為兩個孩子，他們可能永遠也不會坐在同一張桌子前喝酒吃飯，儘管如此，羅獵也沒有絲毫的猶豫，他將這碗酒喝了，心中隱約猜測到任天駿要求自己什麼事。

任天駿道：「如果沒有你，餘慶仍然活在他自己的世界裡，我雖然很想陪著這孩子長大，但是恐怕不可能了。」

羅獵一切都已經明白，他低聲道：「其實這次我在滿洲遇到風九青了。」

任天駿道：「我的事情她無能為力。」他坐回去之後，望著羅獵道：「所以我想求你照顧餘慶。」

羅獵道：「對孩子來說，最幸福的事情就是在親生父母身邊長大。」

任天駿道：「我知道，我也希望這樣做，可現實卻讓我不敢奢望。」他揚起了自己的手，他的手微微顫抖著。

羅獵點了點頭道：「我答應你。」

任天駿欣慰笑道：「我知道你會答應，我這個人在這個世界上並沒有什麼真正的朋友，我很多疑，如果說我認識的人中還有一個能讓我佩服他人品的，你就是唯一一個。」

羅獵舉起了酒碗：「謝謝！」

兩人同乾了這杯酒，任天駿道：「我是個不喜歡欠情的人，有什麼我可以為你做的？」

羅獵道：「沒什麼需要麻煩你的事情。」

任天駿道：「找你就是為了給餘慶的以後多一份保障，我有生之年，自然要為你做些事，你不肯說，我也知道，葉青虹遇刺的事情是不是已經有眉目了？」

羅獵道：「此事我自己可以處理。」

任天駿點了點頭道：「我給你透露一個消息，張凌空現在到處尋求合作，他的處境很難，我還聽說，白雲飛和陳昊東聯手壓低他的價錢，想要趁火打劫。」

羅獵微笑道：「這個消息值得我敬你一杯。」

張凌空收到了一份報價，價格雖然稱不上理想，可比起白雲飛提出的價錢已經算得上非常良心了，大概比正常的市價打了七折，這已經是張凌空收到最好的報價，這份報價來自於羅獵。

張淩空本來還有些猶豫，可是在接到任天駿的電話之後，他就馬上做出了決定，他決定把黃浦經營的所有物業全都轉讓給羅獵，無論他因此而付出多大的心血，無論這些物業以後會創造多大的價值，這對張淩空而言已經不再重要，正如任天駿所說，他已經沒多長時間了，等到張凌峰將北滿的事情處理完，恐怕馬上就會解除他在黃浦的管理權，一旦到了那個時候，張淩空就會變得一無所有。

張淩空將旗下所有物業都賤賣給羅獵的消息很快傳到了白雲飛的耳朵裡，白雲飛感到事情變得不妙，其實羅獵剛剛回到黃浦的時候，他就想去拜訪，可因為沒有考慮好如何去面對羅獵，所以他決定觀察一下羅獵的動向再說，卻沒有想到羅獵在回到黃浦短短的三天內就和張淩空簽訂了合同。

當初張同武為了張淩空在黃浦經營方便，所有的物業都記在張淩空的名下，這充分體現了張同武對他的信任，也表明了張同武對自身實力的信心，他相信自己的侄子不會也不敢背叛他，可天有不測風雲，張同武沒想到自己這麼快就遭遇不測，甚至沒有來得及處置他已經轉移到黃浦這筆不菲的財富。

白雲飛意識到自己有必要去拜訪一下羅獵了，至少要搞清楚現在羅獵的態度，最近關於他派人暗殺葉青虹的消息也傳到了他這裡，白雲飛認為是盜門方面在故意散播，別看陳昊東目前和自己合作，可他從沒有放棄過如意算盤，既然自己當初能夠想出嫁禍陳昊東的計策，現在陳昊東一樣可以挑起他和羅獵的矛盾。

時過境遷，白雲飛終於認識到自己當初走了一步錯棋，然而錯已經鑄成，現在後悔也晚了，白雲飛認為羅獵之所以會接盤張凌空的物業有報復自己之嫌，他去見羅獵，也是想確定這件事。

虞浦碼頭正式開始運營，董治軍已經完全理順了業務，這次張長弓夫婦並沒有和羅獵一起返回黃浦，鐵娃跟著回來，如今在董治軍的身邊歷練。

羅獵和董治軍巡視了一下虞浦碼頭的運營狀況，本來準備離開，卻聽說白雲飛過來拜訪。

羅獵就在碼頭上等著白雲飛，白雲飛遠遠下了車，拄著文明棍，微笑向他走了過來。

羅獵也報以微笑，向前走了幾步，表示出迎接的意思，兩人握了握手，白雲飛道：「羅老弟，你走不跟我說，回來也不跟我說，難道你擔心我連為你接風洗塵的飯都請不起？」

羅獵哈哈笑了起來：「我不說，您不一樣找過來了，在黃浦的地界上，又有什麼事情能瞞得過您呢。」

白雲飛哈哈大笑。

羅獵道：「剛回來三天，正想著給白先生打電話呢。」

白雲飛從羅獵的表情和語氣上並未察覺到太多的異常，內心中稍稍安定了一些，他搖了搖頭道：「三天，三天你就把張凌空的物業全都給吃了，我盯了這麼久，沒想到啊，居然被你搶了先。」

羅獵微笑道：「原來白先生是找我秋後算帳的。」

白雲飛笑道：「哪裡哪裡，你我之間根本不存在什麼算帳的問題，落在我手裡固然可喜，落在你手裡我同樣高興，只要不是便宜了別人就行。」

羅獵道：「白先生真是高風亮節，您的境界我只怕是趕不上。」

白雲飛道：「別謙虛了，你再謙虛我更感覺到你是在向我炫耀。」他和羅獵並肩站在碼頭上，向周圍看了看道：「碼頭改建得不錯。」

羅獵道：「如果我早知道這虞浦碼頭會惹那麼大的麻煩，當初就不會要。」

白雲飛心中一沉，當時正是在陳昊東意圖買下虞浦碼頭的時候，葉青虹遭遇暗殺，羅獵的這番話是不是還有其他的含義？

白雲飛道：「人生就是這樣變幻莫測，誰也不知道明天會發生什麼。」他點燃了一支雪茄：「前兩天有新聞說你的遊艇在齊魯海域遭遇撞擊而爆炸沉沒。」

羅獵點了點頭道：「確有其事，是我布的局。」

白雲飛的表情有些錯愕，沒想到羅獵這麼痛快就承認了，如果羅獵不承認他還以為是陳昊東派人做的。

羅獵道：「有人不想我安全返回黃浦，所以我只好布下迷陣，偽裝成從海路回來的假像，其實我們一家是乘火車回來的。」

白雲飛笑道：「羅老弟，你的頭腦真是靈光。」

羅獵道：「形勢逼人啊！」

白雲飛道：「知不知道什麼人想害你？」

羅獵道：「陳昊東！」

白雲飛又是一愣，羅獵的回答簡單而明確，他抽了口煙，心中疑竇頓生，是不是羅獵已經知道自己所做的事情，於是才這麼說？

羅獵道：「在滿洲，索命門和狼牙寨的人先後對我進行了襲擊，我查到背後的指使人是盜門的大長老鄭萬仁。」

白雲飛道：「我聽說你已經被盜門長老收為了關門弟子？」

「確有其事，而且……」羅獵停頓了一下方才道：「福伯已經正式推舉我為盜門門主。」

白雲飛這次是真真正正地感到吃驚了，他知道盜門門主的意義，在他們混跡的江湖中，盜門如今的影響力甚至超過了丐幫，羅獵成為盜門門主就意味著他擁有了數十萬乃至百萬的下屬，這樣的實力誰敢去招惹？

白雲飛感到有一股冷氣沿著自己的尾椎一直躥升到他的頸椎，羅獵的運氣實在太好了，然而白雲飛又清楚，歸根結底這個世界還是實力說話，如果羅獵沒有過硬的實力，這種機會也不會降落在他的身上。

白雲飛道：「那得好好恭喜你啊。」

羅獵道：「我對門主沒多少興趣，可是既然陳昊東喜歡，我就要拿走。」

白雲飛道：「你的事就是我的事，如果有需要，我必然鼎力相助。」

羅獵微笑道：「謝了！」

白雲飛回到家裡之後，他拿起電話準備將這件事告訴陳昊東，羅獵已經決定競爭盜門門主的位子，如果陳昊東知道，他會不計代價將羅獵除去。從今天和羅獵會面的情況來看，羅獵對自己應該沒有產生太大的疑心，或者說他還沒有找到確切的證據，白雲飛知道有些事是不能拖延的，事情發展到如今的地步，他和羅獵不可能繼續和平共處下去，他必須要先下手為強，只有先將羅獵剷除，才能將自己製造的這次危機平息。

陳昊東無疑是最合適的先鋒，白雲飛已經做好了最壞的打算，拿起電話，尚未來得及接通，常福就有些驚惶地走了進來：「老爺，劉探長來了！」

白雲飛皺了皺眉頭道：「那又如何？讓他等等。」

常福道：「劉探長帶了很多人過來，把咱們前後門都給堵上了。」

白雲飛聞言氣得將電話重重丟了下去，怒道：「他好大膽子，什麼意思！」

劉探長帶領十多名荷槍實彈的巡捕已經闖入了大廳，常福慌忙上前攔截：「這裡是私人住宅，你們不可以硬闖的……」

劉探長向他出示了一張搜查令，白眼一翻道：「給我搜！」

白雲飛冷冷看了他一眼，拿起電話不慌不忙地對接線員道：「幫我接法國領事館！」他要找法國領事蒙佩羅，就憑著他和蒙佩羅之間的關係，一個巡捕房的探長又怎能對他輕舉妄動，他倒要問問，究竟是誰給劉探長下的指令，究竟是誰要搜查他的府邸？一個法租界的堂堂華董難道就任由他們闖入？

可白雲飛馬上就意識到形勢不對，蒙佩羅根本不接他的電話。這在以往是從未發生過的事情。

劉探長來到白雲飛身邊：「怎麼？找到領事大人沒有？」

白雲飛陰惻惻道：「劉探長今天到底是什麼意思？」

劉探長道：「我也不知道啊，您也應該明白，我做任何事都是奉命做事，肯定不敢擅作主張。」

白雲飛焉能不明白他的意思，劉探長分明是在說他是接到了上面的命令，其實這件事也不難猜到，以劉探長的身分地位，他應當不敢輕易搜查自己的府邸，肯定是受到了法國領事館的默許。

白雲飛道：「我穆天落向來奉公守法，劉探長是不是搞錯了？」

劉探長道：「穆天落奉公守法，可白雲飛就不一定了。」他拿出另外的一張紙，這張卻是對白雲飛的拘捕令：「穆先生，我們懷疑你和七年前發生在津門的一起謀殺案有關，所以請你回去協助調查。」

白雲飛突然明白了，他點了點頭道：「陳年舊案，居然和我扯上了關係。」

劉探長道：「還望白先生諒解，我們也是奉命行事。」

「奉命行事？奉了誰的命令？」白雲飛反問道。

劉探長嘿嘿笑道：「當然是上頭。」

白雲飛道：「看來咱們是做不成朋友了。」說這句話的時候，他忽然想到了羅獵，在法租界能夠說動蒙佩羅對自己出手的人不多，葉青虹絕對算是其中的一個，難道自己找人暗算她的事情已經東窗事發？

白雲飛不由得想起了他和羅獵的那番對話，想不到羅獵也藏得如此之深，居然在自己的面前沒有流露出任何的痕跡，而且給他造成了一種要對付陳昊東的假像，可一轉身就已經向自己出手，出手速度之快遠超白雲飛的意料。

白雲飛暗歎，自己和羅獵認識那麼多年，可對羅獵仍然不夠瞭解，羅獵做事比自己想像中更加果敢，簡直是雷厲風行。

白雲飛起身道：「好，那就配合，如果你們查不出我的問題，我一定會控告你們誣陷，還有損毀我的名譽，你等著免職吧。」

劉探長微笑道：「我等著！」

陳昊東聽說白雲飛被帶走的消息多少有些意外，他認為白雲飛在法租界的根基很深，很難被別人動搖，然而現在看起來白雲飛並沒有那麼強大。

黃浦分舵舵主梁啟軍將最新打探到的消息告訴了陳昊東，白雲飛的境況比他們想像中更壞，目前巡捕房已經拒絕了他保釋的要求。

陳昊東道：「你說什麼？現在不但要起訴他謀殺德國領事，還要起訴他害死穆三壽，非法侵佔穆三壽的家產？」

梁啟軍點了點頭道：「不錯，現在已經有證人能夠證明穆天落就是白雲飛，而且警方也找到了相關證據，證明他和穆三壽之間並無任何親屬及血緣關係。」

陳昊東皺了皺眉頭道：「他繼承管理穆三壽的產業那麼多年都沒有人提出意見，怎麼會突然發生了這樣的變故？」

梁啟軍道：「據我所知，這次起訴他害死穆三壽並且非法侵佔穆三壽家產的人是葉青虹。」

聽到這裡，陳昊東已完全明白事情的來由，白雲飛如今的困境是羅獵夫婦一手造成，羅獵此前的離開更像是出拳之前的縮手，向後的短暫退卻是為了更有力和有效地擊中對手，正如羅獵所說，他不會放過任何一個傷害過他家人的對手。

從羅獵歸來短短的三天內就雷厲風行地買下了張凌空所有的物業，就能夠證明羅獵此番歸來是要有所作為的，搶先對張凌空的物業下手，等於讓他和白雲飛苦心經營多日的聯手壓榨行動完全落空，表面上看是羅獵撿了便宜，可從另外一個角度上可以理解為他對他們兩人某種形式的報復。

白雲飛如此根基都被羅獵弄進了監獄，這讓陳昊東產生了莫名的危機感。

梁啟軍道：「白雲飛通過律師傳遞消息，希望您能去見他一面。」

陳昊東搖了搖頭道：「我為什麼要去見他？我和他好像也沒有這個交情。」

白雲飛從律師那裡得來的消息並不樂觀，他本想和陳昊東見上一面，可是陳昊東顯然沒有跟他見面的意思，而且還刻意撇開了跟他之間的關係。白雲飛目前能做的只有積極準備應訴，羅獵的來訪讓他終於有了一次直面對手的機會。

羅獵給白雲飛帶來了一盒煙，白雲飛接過羅獵遞來的香煙，湊在羅獵手中火機的火苗上點燃，用力抽了口煙，兩天沒有刮鬍子，讓他顯得蒼老了許多，白雲飛透過眼前繚繞的煙霧望著羅獵，雖然近在咫尺，卻仍然感覺看不清他的樣子。

羅獵道：「還住得習慣嗎？」

白雲飛知道羅獵絕不是在關心自己，他希望得到的答案應當是自己痛不欲生，輾轉反側，徹夜難眠才好，白雲飛笑了笑道：「又不是第一次坐牢。」

羅獵道：「應當是最後一次了。」

白雲飛望著他道：「你覺得我這次出不去了？」

羅獵道：「一個人的貪念往往會毀掉自己，白先生經歷了津門的浮沉之後還是沒得到真正的教訓。」

白雲飛認真地想了想然後回答道：「當時的確明白了一些事，也看開了許多事，但是金錢和權力很快又讓人迷失，也許正是因為津門的慘痛經歷，所以我變得患得患失，比別人更害怕失去。」

羅獵道：「有些東西本來就不屬於你，你又何必害怕失去？」

白雲飛道：「你是說穆三壽的產業？」

羅獵沒說話。

白雲飛道：「你應該清楚的，穆三壽不是死於我的手裡，那些物業也是他無償贈送給我的。」

羅獵道：「只可惜你既無證人也沒有證據。」

白雲飛道：「羅獵，我還真是低估了你，想不到你比我還要狠。」

羅獵道：「這麼多年以來，我和白先生也算得上是相安無事，我真是不明白，白先生為何要走那麼一招錯棋。」

白雲飛歎了口氣，他低聲道：「人難免會犯錯，我本以為這件事可以做得神不知鬼不覺。」

羅獵道：「你應該知道，有件事我是絕對不會容忍。」

白雲飛道：「你就算能搶走我的產業，可是你以為自己能管得了那些人？」

羅獵道：「我沒打算去管誰，穆三壽的產業有很多人感興趣，其實這次你之所以落到這種境地的根本原因是你已經受到了租界的重點關注，他們是不會允許一個中國人的勢力如此之大。」

白雲飛知道羅獵說的全都是實情，自己的勢力不斷壯大，一定讓租界的那幫當權者感到不安，他們不希望自己繼續做大，而羅獵恰恰給他們提供了一個對付自己的機會。

白雲飛道：「你以為我會就此失敗永不翻身？」

羅獵道：「你沒有機會了。」

白雲飛道：「什麼？」

羅獵道：「除了你永遠待在監獄裡，如果你出去，肯定會橫死街頭。」

白雲飛攥緊了拳頭，他意識到了一個現實，在外人看來，他害死穆三壽霸佔穆三壽財產的事情已經成為事實，過去他的那些手下恐怕已經全部倒戈，挑起為穆三壽報仇的大旗。

白雲飛道：「幫我跟葉青虹說一聲，我很抱歉。」

羅獵起身向外面走去，來到門前的時候，他輕聲道：「發生過的事情，道歉是沒有用處的。」

羅獵回到家中的時候，發現程玉菲在等他，程玉菲和葉青虹已經聊了一會兒，葉青虹笑道：「你怎麼才回來啊，程小姐等你半天了。」

程玉菲笑道：「應該怪我不請自來。」

葉青虹道：「既然來了就留下來一起吃午飯，我讓吳媽去準備。」她起身去準備。

程玉菲道：「不了，我說完就走。」

羅獵在程玉菲對面坐下：「程小姐找我有什麼事情？」

程玉菲道：「你有沒有見到麻雀？」

羅獵搖了搖頭：「回來之後還沒有跟她聯繫過。」

程玉菲道：「這樣啊。」她的表情顯得有些失望。

羅獵道：「是不是她遇到了什麼麻煩？」

程玉菲道：「她突然就不見了，我怎麼都聯繫不上她，而且聽她家裡的傭人說，她這次出去也沒有留下任何的交代。」

羅獵皺了皺眉頭道：「什麼時候的事情？」

「已經兩天了，超過四十八小時。」

羅獵道：「你是不是懷疑什麼？」

程玉菲道：「希望她沒事，我幾天前曾經去找過她，當時還在她哪裡遇到了盜門大長老鄭萬仁。」

羅獵道：「她和盜門的關係一向良好，也許你應當去陳昊東那裡去問問。」

程玉菲道：「最近發生了很多事情，我擔心她的安全。」

羅獵道：「有沒有報警？」

程玉菲道：「沒有，巡捕房可不會對一樁可能的失蹤案感興趣，他們每天要處理的事情實在是太多了。」

羅獵道：「這樣吧，我下午剛好約了陳昊東見面，我去找他問問。」

程玉菲道：「希望他能夠知道一些消息。」說完之後，她又道：「我聽說白雲飛被抓的事情和你有關？」

羅獵道：「我只是一個證人。」

程玉菲小聲道：「是不是他策劃了法國餐廳外的暗殺？」

羅獵道：「不清楚，可這次青虹認為她應當為穆先生的死出頭，也應當還給乾爹一個公道。」

程玉菲望著羅獵，雖然羅獵不肯承認，可是她仍然堅持認為白雲飛的麻煩是因為此前的暗殺引起，他的所作所為終於還是觸怒了羅獵，原本對白雲飛接手穆三壽財產抱著無所謂態度的羅獵夫婦出手了，而且一出手就將白雲飛置於死地。

程玉菲並不同情白雲飛，以白雲飛在法租界的所作所為也算得上是死有餘辜，如果葉青虹遇刺的事情真是他做的，羅獵出手對付他也是天經地義。

程玉菲道：「白雲飛在黃浦經營多年，還是擁有著相當龐大的勢力，你如果決定作證，也要多加小心。」

羅獵道：「我會小心的。」

程玉菲道：「我聽說你現在也是盜門中人了？」

羅獵笑道：「什麼樣的傳言都有。」

羅獵加入盜門卻不是傳言，福伯非但收他當了關門弟子，而且已經正式推舉羅獵成為盜門門主，在羅獵返回黃浦的同時，福伯周遊全國聯絡盜門各個分舵，通報各地負責人這個決定，並昭告所有人，羅獵已經得到了鐵手令，也就是說羅獵已經名正言順地成為門主。

陳昊東也因此處於極度的慌亂中，不過羅獵得到鐵手令的消息並沒有證實，他認為這很可能是福伯故意散佈的消息，就是要迷惑人心，分化盜門內部。羅獵和陳昊東的這次見面是羅獵主動提出，陳昊東也認為到了和羅獵攤牌的時候。

羅獵準時前來，陳昊東在自己的辦公室內等著他，羅獵這次並不是獨自前來，陪同他過來的還有兩名會計，一名律師，陳昊東並不知道隨行人員的身分，還以為羅獵擔心自己對他出手，所以還帶了隨身保鏢，故意譏諷道：「都說羅先生膽色過人，今日一見也不過如此，你該不會擔心我會對你不利吧？這裡是公共租界，我也一直是個守法公民。」

羅獵搖了搖頭道：「不擔心，不過陳先生是不是守法公民我也不知道。」他將隨行人員的身分介紹給陳昊東。

陳昊東一聽頓時愣住了，質問道：「你什麼意思？你帶會計和律師來我公司到底是什麼意思？」

羅獵示意他們先出去等著，等辦公室內只剩下自己和陳昊東的時候，方才道：「陳先生，相信你已經聽說過福伯收我為徒的事情。」

「他老人家收誰當徒弟是他的自由，和我又有什麼關係？」

羅獵道：「其實還是有一些關係的，福伯認為我才是門主的最合適人選，所以他已經正式推舉我成為門主。」

「你有什麼資格成為門主？」陳昊東冷笑道：「除了一個老糊塗的師父之外，你和我們盜門又有什麼關係？」

羅獵道：「我也這麼想，可福伯是我的師父，我就是盜門正式的一員，根據本門門規，任何盜門弟子都有成為門主的資格，更何況我有福伯這位德高望重的長老推舉，你雖然是前任門主的兒子，可是你之所以到現在沒能夠成為門主，是因為什麼緣故？」

陳昊東惡狠狠地盯住羅獵。

羅獵道：「因為你沒有這樣信物。」他將頸部懸掛著的鐵手令出示給陳昊東看，福伯將鐵手令作為送給小彩虹的禮物，當時羅獵也不知道此物意義非凡，所以才會讓女兒收下，當他後來知道這就是盜門門主的信物鐵手令之後，再想還給福伯已經不可能了，可見福伯想讓他來接管盜門的想法由來已久。

陳昊東道：「你夠狠，羅獵你果然夠狠。」羅獵在將白雲飛送入監獄之後，馬上就將槍口瞄準了自己，**這個世界就是這般殘忍，如果你給對手留下喘息之機，那麼就是對自己殘忍**。

羅獵道：「你不是盜門門主，所以你沒有支配本門產業的權力，我帶來的會計師和律師會進行產業的審計和清算工作。」

「我不會讓你得逞！」

「你無權反對，你現在能做的只有配合他們工作，一周以內，所有的審計和清算工作會全部完成，此後我們就會全面接管產業的管理工作，如果你不配合，我們會向法院申請強制執行，如果在審計中發現你有任何假公濟私的行為，我們同樣會向法院提起訴訟。」

陳昊東怒道：「你有什麼資格？盜門之所以有今天，是我父親辛辛苦苦創立的。」

羅獵道：「盜門能夠有今天的規模不是哪一個人的功勞，而是整個盜門上下共同努力的結果，這些產業也不僅僅屬於陳家，更不屬於你陳昊東個人，你務必要記住，還有，我離開黃浦之前曾經告誡過你，看來你把我的話當耳邊風了。」

陳昊東握緊了雙拳，彷彿隨時隨刻都會衝上去將羅獵撕得粉碎，但是他最終還是沒有這樣做，因為他清楚羅獵的實力，無論是智力還是武力自己都不是人家的對手。

陳昊東道：「你明明知道葉青虹的事情與我無關，為什麼還要用這樣卑鄙的手段對付我？」

羅獵道：「陳先生用詞欠妥，而且我也不是針對你，更沒興趣要對付你，我是公事公辦。」

陳昊東道：「你不會得逞！」

羅獵道：「對了，這次交接工作需要麻小姐介入，不知你能否聯繫上她？」

陳昊東冷笑道：「你們是朋友啊？這種事情你不該問我。」

羅獵道：「麻小姐離家超過四十八小時，可是離開之前並沒有交代她的去向，我希望這件事你真的不知情。」

陳昊東這才意識到羅獵的意思是什麼，他詫異道：「你說什麼？麻雀失蹤了？你懷疑我？」

羅獵從陳昊東的反應判斷，他對麻雀失蹤一事應當並不知情，羅獵準備離開的時候，陳昊東辦公桌上的電話響了起來，他拿起電話，聽到電話內的聲音之後，臉上的表情顯得頗為古怪，他叫住了準備離開的羅獵：「找你的！」

羅獵也愣了一下，自己來這裡和陳昊東見面的事情並沒有太多人知道，有人居然將電話直接打到了陳昊東的辦公室。

羅獵拿起電話：「喂！」

電話那頭傳來一個低沉的聲音道：「羅先生，你好，我是鄭萬仁。」

羅獵道：「鄭長老。」難怪他會找到這裡。

鄭萬仁道：「我打這個電話，只是想告訴你麻雀現在沒事。」

羅獵下意識地攥緊了電話：「鄭先生有什麼事情不妨衝著我來。」

鄭萬仁笑了起來：「我們還是不要見面得好，不如這樣，你我做個交易，你潛入虞浦碼頭水下幫我找到紫府玉匣，用它來交換麻雀，我給你一周的時間。」

羅獵不知紫府玉匣是什麼，可從鄭萬仁的話中不難聽出麻雀已經落在了他的手上。

陳昊東一旁聽著，從羅獵的話中他也意識到發生了什麼。

羅獵道：「你說的東西我根本就不知道是什麼。」

鄭萬仁道：「陳昊東知道，你可以問他，我把麻雀保險櫃的密碼給你，你記清楚了……」

羅獵放下電話，盯住陳昊東道：「什麼是紫府玉匣？說！」

陳昊東猶豫了一下，終於還是道：「紫府玉匣是一件寶物，據說曾經為大太監魏忠賢所得，這件寶物擁有起死回生，枯木發芽之功效，魏忠賢想要利用紫府玉匣恢復他的男兒之身，可他還沒有來得及使用就被朝廷降罪，魏忠賢死後，這件東西被他的某個傭人盜走，很長一段時間都流落民間，後來不知怎麼落入了倭人之手。倭人將他們從大明搜集的寶物想運送回本土，沒想到船隻還未出海就遭遇沉沒，就沉在了虞浦碼頭。」

羅獵此前為了探察虞浦碼頭的沉船秘密，曾經潛入浦江水底，當時發現了一條白骨壕溝，自己還被水猴子抓傷了足踝，幸虧三泉圖上記載了解毒的方法，他才躲過了一劫。

那次是陳昊東故意引起他的好奇心，也是羅獵最近一段時間遭遇到最凶險的事情。而這次鄭萬仁利用麻雀想要再次將羅獵引入險境之中，羅獵知道這是一個陷阱，紫府玉匣或許根本就不存在。

羅獵道：「你知不知道鄭萬仁在什麼地方？」

陳昊東搖了搖頭道：「他行事向來神龍見首不見尾，也沒必要向我交代。」

羅獵道：「幫我轉告他，如果麻雀有什麼三長兩短，他必死無疑。」

麻雀望著鄭萬仁，目光中充滿了憤怒和不解，她不明白鄭萬仁為何要向自己下手，她不知道自己被囚禁在什麼地方，只是從時而傳來的汽笛聲中能夠判斷出應當距離碼頭不遠。

鄭萬仁道：「你不用害怕，我沒想過要傷害你。」他雙手拄著文明棍在地上點了點道：「羅獵實在是太難對付了，所以我不得不出此下策。」

麻雀道：「你太卑鄙。」

鄭萬仁道：「**每個人的心裡都有陽光照不到的地方**，你也是一樣，麻雀啊，你還記得自己是如何變成了侯爵夫人嗎？」

麻雀咬了咬嘴唇，臉色變得蒼白如紙。

鄭萬仁道：「如果不是我幫你，你或許因殺人已經被判絞刑。」

麻雀尖聲分辯道：「我是正當防衛。」

「誰會相信？在歐洲人的地盤上你殺了一位受人尊敬的貴族，而且你只是一個華人，你以為那些外國佬會給你公平的審判，以為他們會把你無罪釋放，即便真是這樣，你又如何能夠得到侯爵夫人的身分，又怎能合理合法地侵佔肖恩家族的巨額財富？」

麻雀雙目通紅道：「我從沒有想過要去侵佔他們的財產。」

鄭萬仁道：「事實就是如此，就算你不肯承認，也否認不了你殺人的事實，如果非要用所謂的正義來審判，我們每個人都是罪人。」

麻雀道：「你究竟想怎樣對付羅獵？」

鄭萬仁道：「我沒想對付他，更沒想過要害你，無論他能否找到紫府玉匣，我都不會傷害你。」

麻雀道：「你不是說沉船周圍危險重重，你就是想利用這件事將羅獵引入險境，你根本不是想要什麼紫府玉匣，你的真正目的就是為了陷害羅獵。」

鄭萬仁道：「我本來想利用他的家人威脅他，可是羅獵現在對家人的保護非常周全，我沒有下手機會，所以我只能拿你去要脅他，希望你對他足夠重要。」

麻雀慘然笑道：「只怕你打錯了算盤，羅獵喜歡的人是葉青虹，你高估了我在他心中的影響力，他根本不會去找紫府玉匣。」

鄭萬仁笑道：「看來你並不瞭解他呀！他一定會去，他這種人已經習慣了扮演救世主的角色，而且自認為自己是正義的化身，會用所謂良心的準繩來約束自己。」他停頓了一下道：「其實你應該感謝我，從另一層面上我幫你驗證了你在他心中的地位，不是嗎？」

在程玉菲的幫助下羅獵找到了麻雀家中的保險櫃，利用鄭萬仁提供的密碼，他順利打開了保險櫃，裡面有關於虞浦碼頭沉船的資料。

程玉菲道：「你是說鄭萬仁綁架了麻雀？」

羅獵點了點頭，他來到窗前翻看著沉船的資料。

程玉菲道：「有沒有想過這是個圈套，可能根本沒有什麼紫府玉匣，他們只是想利用這個機會除掉你。」

羅獵道：「有些時候，你明明知道是一個局，可你除了接受挑戰，找不到其他破局的方法。」

程玉菲道：「麻雀沒有喜歡錯人！」

羅獵淡然笑道：「我只當她是好朋友，絕沒有你想像中的那種感情。」

程玉菲道：「我知道，可是我還是要替麻雀謝謝你。」

羅獵道：「我也是她的朋友，其實她現在的困境是因為我造成的，如果我能夠早一點讓她清醒，遠離陳昊東那些人，也不會引起那麼多的麻煩。」

程玉菲道：「那咱們就兵分兩路，你去做最壞的準備，我去找線索，他不是給了你一周的時間，如果我能在他給出的期限之前找到他，救出麻雀，你就不用去冒險了。」

羅獵道：「好，我這就回去準備。」

羅獵本來不想將這件事告訴葉青虹，可想了想自己不應該在這件事上隱瞞她，於是將這件事的來龍去脈原原本本向葉青虹說了一遍，葉青虹聽說之後並沒有提出任何的反對意見，以她對羅獵的瞭解，知道就算自己反對他也一定會去，與其那樣還不如叮囑他要注意安全。

葉青虹道：「你救人我不反對，可是你上次去的時候被水猴子抓傷，還險些丟掉了性命。」

羅獵道：「吃一塹長一智，有了上次的經驗，我這次肯定會做好充足的準備，你放心吧，我一定會平安回來。」

葉青虹道：「你一個人去連個照應都沒有，不如我陪你一起去。」

羅獵搖了搖頭道：「你去了我會更分心，這樣吧，我答應你，你去碼頭等著我，幫我做好後勤。」

葉青虹也知道潛入那麼深的地方，而且在水下待那麼久，別人是沒有這個能力的。她小聲道：「希望程玉菲能夠取得進展。」

希望歸希望，可那種希望畢竟渺茫，鄭萬仁是個不折不扣的老狐狸，他行藏隱匿得很好，宛如人間蒸發一樣，程玉菲想盡了辦法仍然無法查到蛛絲馬跡，眼看距離他的通牒之日已經越來越近。

第三章

紫府玉匣

羅獵和葉青虹頓時明白了吳傑的意思，
傳說中的紫府玉匣有起死回生的能力，
當年魏忠賢想得到紫府玉匣其目的是想變成一個正常的男人，
如果紫府玉匣真有這樣能力，幫助吳傑復明也只是小事一樁。

福伯來到了黃浦，陳昊東知道大勢已去，福伯已經獲取了盜門多數分舵的同意，羅獵成為門主已經成為大勢不可逆轉，不過他仍然不肯放棄，還在為最後的一線希望而堅持著。

福伯聽說鄭萬仁利用麻雀逼迫羅獵去尋找紫府玉匣的事情，也非常頭疼，作為麻雀的世伯，他當然不能眼睜睜看著麻雀出事，紫府玉匣的事情一直是盜門的秘密。

羅獵道：「您是說，紫府玉匣真的存在？」

福伯點了點頭道：「的確存在，而且此前還有人親眼看到過。」

羅獵將自己上次前往水中探察的經歷告訴了福伯，福伯道：「為了紫府玉匣，這幾百年來盜門中人前赴後繼，你所看到的白骨壕溝其中就有不少因尋寶而犧牲的先行者。」

羅獵道：「紫府玉匣會有那麼神奇嗎？」

福伯道：「紫府玉匣有沒有那麼神奇我不知道，但是有一點我知道，我們盜門有一條數百年沒變的規矩，如果有人能夠得到紫府玉匣，那麼他就會毫無疑義地成為門主，現任門主必須選擇讓賢。」

羅獵道：「您是說如果我找到紫府玉匣交給了鄭萬仁，他可以利用紫府玉匣奪回門主之位。」

福伯道：「他應該就是打的這個算盤。」

羅獵道：「門主之位重要，還是麻雀的生命重要？」

福伯道：「都重要，既要救人，也不能將盜門交給這些無德之人去統治。」

羅獵道：「師父您放心吧，只要能救出麻雀，我就有辦法解決所有麻煩。」

福伯道：「傳說紫府玉匣深受詛咒，周圍有無數冤魂在守護，你這次前去務必要小心。」

羅獵道：「應當不是什麼冤魂，是水猴子，我上次潛入水底，發現了白骨壕溝，離開的時候，被水猴子追擊，還受了傷。」

福伯聽他講完上次的經歷，也不由得為他捏了把汗，提醒羅獵道：「那些水猴子可不容易對付，牠們水性絕佳，在水中的行動要比人類自由許多，如果真要是這樣，你還是不要去冒險了。」

羅獵道：「我找到了一些對付水猴子的辦法，麻雀的保險櫃裡，有關於紫府玉匣的資料，甚至還有一幅關於水下沉船位置的地圖，只要按照地圖尋找，找到沉船的問題應該不大。」

福伯道：「紫府玉匣有起死回生之力，自從大禹治水之後，在內陸河流湖泊之中就少有水猴子這種妖物的存在，應當是牠們懼怕九鼎之力，所以遠離江河湖泊去了深海。所以水猴子的故事雖然不少，可親眼目睹水猴子的卻沒有一個。」

羅獵苦笑道：「如此說來，我算幸運嘍。」

福伯道：「遇到水猴子還能成功逃離，你當然夠幸運。」

羅獵道：「如此說來紫府玉匣對水猴子有著很大的吸引力，不然牠們也不會冒著風險來到浦江裡，萬一被人活捉，只怕要在這個世界上產生轟動了。」

福伯道：「你是否看清了牠們的樣子？」

羅獵搖了搖頭。

福伯道：「你雖然厲害，可是在水下的環境，你的動作肯定要減緩許多。」

羅獵點了點頭道；「是啊，如果我遇到的怪物真是水猴子，牠們在水中的速度簡直可以用快如閃電來形容，甚至比普通人在陸地上奔跑更加快捷。」

福伯聽他這麼說不由得倒吸了一口冷氣，如果真是這樣，潛入水底無疑是一件非常危險的事了，羅獵一個人潛入水底，連個照應都沒有，連福伯都開始猶豫，要不要勸他打消這個想法。

此時小彩虹聽說福伯來了，蹦蹦跳跳地過來跟他打招呼，福伯笑道：「小彩虹，有沒有想爺爺？」

「想，每天都想，時刻都想！」小彩虹嘴巴極甜，哄得福伯眉開眼笑。

羅獵起身去廚房看看飯菜的準備情況，正遇到從裡面捂著嘴巴跑出來的葉青虹，卻是她受不了油煙味道，想要嘔吐，羅獵陪著她來到院子裡呼吸了一會兒新鮮空氣，葉青虹才感到舒服了一些，發現羅獵一臉忐忑地望著自己，葉青虹笑道：「別擔心，沒事，可能是受涼了。」

羅獵道：「你該不是又有了吧？」

葉青虹俏臉一紅道：「胡說，哪有那麼快？」可心中默默算了算日子，還是很有可能，一顆芳心不由得怦怦直跳。

羅獵關切道：「要不，我陪你去醫院檢查一下？」

葉青虹道：「不用，等你忙完碼頭的事情再說。」

羅獵點了點頭，葉青虹握住他的手道：「總之你要答應我，這次去水下若是意識到危險，千萬不要冒險，一定要平平安安地回來。」

羅獵道：「你放一百個心。」

葉青虹偎依在羅獵的肩頭，手卻抓得更緊了，彷彿一鬆手羅獵就會從自己的身邊走開似的，此時羅獵的目光卻被前方的一位不速之客所吸引，那人身穿黑色長衫，帶著一頂半新不舊的灰色禮帽，黑色墨鏡，手握一根細長枯黃但是被磨得油光滑亮的竹竿兒，誰也沒有察覺到他是從什麼時候潛入，輕風拂動，黑色長衫隨風舞動，更顯得他人瘦如竹。

羅獵和葉青虹同時認出，這突然出現的不速之客就是吳傑。

羅獵暗自慚愧，他本以為自己目前的能力可以感知到方圓二十米以內的任何動靜，卻沒有想到吳傑都已經潛入到了身邊，自己還是毫無察覺，可能和剛才兩夫妻談話太過投入有關。

當然吳傑本身的修為也是極高，在羅獵心目中吳傑也等同於他的師父，最早認識吳傑的時候，顏天心就委託吳傑轉授給他一套獨特的呼吸吐納功夫。吳傑不但教給他功夫，還教給了他用心感悟周圍世界的理念。所以說，吳傑能夠躲過他的感知也屬正常。

羅獵道：「吳先生！」

吳傑表情木然道：「吳某不請自來，還望兩位不要見怪。」

葉青虹莞爾道：「吳先生是我們的貴客，平時我們想請都請不來呢。」

吳傑道：「羅夫人客氣了，我有幾句話想跟羅獵說。」

葉青虹道：「那我還是迴避，吳先生留在家裡吃午飯吧。」

吳傑搖了搖頭道：「我說完就走，吳夫人也不用迴避。」

葉青虹聽他這麼說於是停下了腳步，其實她也很好奇吳傑來找羅獵的動機。

羅獵微笑道：「不知吳先生找我有何指教？」

吳傑道：「其實我跟蹤你已經有一段時間。」一句話說得羅獵越發慚愧，他以為最近自己方方面面的能力提升了不少，可被吳傑跟蹤了那麼久都沒有察覺，而且吳傑本身還是一個盲人。

吳傑道：「你不必感到慚愧，談到跟蹤術天下能夠超過我的本就不多，我也不敢靠你太近，不然以你現在的能力早就發現了我的行藏。」他這樣說也是不想羅獵感到灰心喪氣。

羅獵道：「吳先生找我為了什麼事情？」

吳傑道：「我跟蹤你不是為了要找你的麻煩，而是為了紫府玉匣，那件東西對我來說非常重要，如果能夠得到紫府玉匣，我或許還有復明的希望。」

羅獵和葉青虹頓時明白了吳傑的意思，傳說中的紫府玉匣既然有起死回生的能力，當年魏忠賢不惜代價想要得到紫府玉匣其目的是想變成一個正常的男人，如果紫府玉匣真有這樣的能力，幫助吳傑復明也只是小事一樁。

吳傑道：「我想和你一起去尋找紫府玉匣。」

羅獵微微一怔，他首先想到的是鄭萬仁要用紫府玉匣交換麻雀，吳傑的加入會不會旁生枝節。

葉青虹卻是心中一喜，她考慮到的是如果吳傑和羅獵同行，那麼彼此間能夠有個照應，羅獵此行的風險會降低不少。

吳傑似乎猜到羅獵會猶豫，他沉聲道：「我不是要將紫府玉匣據為己有，只是想利用它恢復光明，難道你不相信我？」

羅獵慌忙道：「吳先生不要誤會，當初如果沒有你幫我，我可能已經死在天廟了，我又怎麼會不相信您？」

吳傑道：「那好，咱們就一言為定，你何時出發，我準時抵達。」

羅獵將自己的計畫說了，其實他打算明天清晨日出之後下水，那時陽光初升，水底的光照度相對來說好一些，也便於他們的行動。對吳傑而言白天和黑夜本沒有任何的分別，他點了點頭。

雖然羅獵和葉青虹盛情邀請吳傑留下吃飯，可吳傑仍然謝絕，悄然離開。

中午吃飯的時候，羅獵向福伯說起吳傑加入的事情，福伯道：「這紫府玉匣到底有沒有那麼神奇誰都不知道，如果玉匣本身並沒有起死回生的功效，恐怕太多人都會失望。」

羅獵道：「無論怎樣都得去嘗試一下。」

福伯點了點頭，他明白羅獵對紫府玉匣並沒有佔有的欲望，而是要通過紫府玉匣去拯救麻雀。

羅獵和吳傑做好了準備，虞浦碼頭已經提前三天關閉，整個碼頭空空蕩蕩，工人也全都回家休息。葉青虹終於還是決定留在家裡靜候羅獵的消息，如果在碼頭現場，她擔心自己的內心會承受不住。

葉青虹發現自己在婚後對羅獵變得越來越依賴，這種患得患失的感覺她並沒有告訴羅獵，甚至她悄悄獨自去醫院檢查，她又懷孕了，這個小生命讓葉青虹受傷的內心得到了慰藉，她對她和羅獵得來不易的愛情結晶越發珍視，她要等到羅獵平安歸來才告訴他這個好消息。這並不是她想保守秘密，而是在這種時候，她不想干擾羅獵的心境，如果告訴羅獵，羅獵只會增添牽掛，帶著不安的心境前去冒險其所承擔的風險更大。

羅獵和吳傑在做著下水前的準備工作，負責瞭望的鐵娃從高塔上下來，他有所發現，在距離虞浦碼頭一里左右的地方有一艘船，那艘船上的一些人舉止有些奇怪。

羅獵聽說之後爬到瞭望塔上，拿起望遠鏡向遠方望去，只見那艘船上果然有十多人在甲板上做著下水前的準備工作，羅獵認出其中一人是陳昊東，他馬上就明白了陳昊東此行的目的，對陳昊東而言，這次應當是他成為門主的最後機會，如果他能夠捷足先登，得到紫府玉匣，那麼他就可以在最後關頭勝出並奪走門主之位。

羅獵回到下面，將自己的所見告訴了福伯。

福伯道：「盜門之中有一支水鬼隊，這支隊伍隸屬於黃浦分舵，水鬼隊的成員是在全國範圍內嚴格挑選而來，他們水性出眾，其中最頂尖的高手可以在水中停留三天三夜。」

羅獵道：「是水面上漂浮嗎？」

福伯搖了搖頭道：「他們掌握了一種獨門的換氣方法，據說在水下停留的最長時間能夠達到六個小時以上。」

吳傑道：「有什麼稀奇。」

福伯向吳傑笑了笑道：「別小看這六個小時，這六個小時的時間已經足夠他們在水中尋寶了。」他向羅獵道：「小子，你最久能在水下待多長時間？」

羅獵道：「六個小時應該沒問題吧。」

福伯看了看吳傑，他並沒有問吳傑，吳傑剛才的那句話就能夠看出他根本沒把六個小時放在眼裡。福伯和吳傑過去並沒有打過交道，不過以他老道的經驗，一看就知道此人脾氣古怪不好相處。

福伯道：「小心，**往往看不見的危險才是最致命的。**」

羅獵點了點頭，他活動了一下肢體，看到吳傑慢慢脫去長袍，露出裡面一身灰白色如同鯊魚皮般的水靠，羅獵一看就知道這水靠絕非凡品，相比吳傑的水靠，自己的這身潛水服就相形見絀了。

福伯道：「原來岳思正的魚人甲落在你的手裡了。」

吳傑淡然道：「老先生也算得上是見聞廣博。」

羅獵的潛水服雖然不如吳傑的工藝精緻，可卻包含了不少的高科技，現在已經到了春天，但是浦江水還很寒冷，平常人在這樣的水溫中撐不過半個小時，他們可能要待很久的時間，所以在選擇潛水服方面既要考慮到防水保暖，還要考慮到行動便利。

福伯拍開酒罈的泥封，倒了兩碗酒道：「祝你們旗開得勝，諸事順利！」

羅獵象徵性地灌了一口，吳傑卻將那碗酒喝了個乾乾淨淨。

福伯使個眼色，鐵娃將事先準備的兩隻公雞斬去雞頭扔入浦江之中，這是圖個吉利，讓怨靈退散。

吳傑將空碗摔在一旁的空地上，空碗摔了個粉碎，這也有碎碎平安的意思，做完這件事吳傑也不多說，帶著他的竹竿縱身一躍進入浦江之中。羅獵也不甘落後，緊隨吳傑躍入水中。

鐵娃跟著叫道：「羅叔，給我抓一隻水猴子上來玩玩。」

福伯瞪了這小子一眼，虧他這種時候還惦記著玩，沒好氣道：「要不要給你抓隻水猴子當老婆？」

鐵娃嘿嘿笑道：「太醜。」

福伯道：「趕緊給我滾上去監視那幫人的動靜。」鐵娃應了一聲趕緊去了。

吳傑入水很快，他潛水的姿勢與眾不同，握著竹竿的右手筆直向前方探伸出去，整個人如同刺入水裡的一杆標槍，借著躍入水中的慣性一直向深處潛入。

羅獵擔心他目盲，在水中耳鼻能夠起到的作用也不是太大，羅獵至少還帶著一個自製的透明頭罩，吳傑的頭部沒有任何防護，水中的吳傑如同一條灰白色的大魚。

羅獵水性雖佳，也始終被他甩開一段距離，這一區段浦江的水較為混濁，雖然羅獵做好了充分的準備，仍然可見度不佳，越是接近江底，水溫越低，而且下部暗藏潛流速度很快，想要靠近那條白骨壕溝，還需要逆流潛游。

吳傑在水中糾正位置來到羅獵的身邊，和羅獵之間保持三米左右的距離。

羅獵找到了上次發現鐵錨的地方，鐵錨仍在，水底還是過去那番模樣，吳傑雖然不能視物，可是羅獵做出任何方向上的改變，他總是能夠在第一時間找準羅獵的位置。

他們來到白骨壕溝的邊緣，羅獵從背後抽出早已準備好的漁槍，上次就是在這個地方突然竄出了十多隻水猴子，他逃得雖然夠快，可仍然被水猴子抓傷，還差點送了性命。

前方出現了六道模糊的身影，羅獵從他們游動的速度上就判斷出應當不是水猴子，游近一看，那群人裝備齊全，原來是陳昊東率領他的手下潛入水中尋找紫府玉匣。

這陳昊東對門主之位也算得上是鍥而不捨，正應了不到黃河不死心這句話。不過雙方並沒有發生直接的衝突，他們彼此都清楚對方的目的是紫府玉匣，在沒有找到紫府玉匣之前，誰也沒有主動挑起爭端的意思。

羅獵擔心的水猴子始終沒有出現，一群人在水中搜索，羅獵從麻雀的保險櫃裡找到了一幅舊地圖，那地圖畫的應當是浦江河道，可地圖的時間太久，歷經滄桑，河道變遷，現在的真實狀況和繪製地圖的時候已經有了很大的不同。再加上隨著時代的發展，浦江水體混濁，地圖的參照意義不大。

越是在這種視力模糊的地方，眼睛能夠起到的作用反而越小，如果過於依賴於雙目，反而會牽涉多半的精力，羅獵在認識吳傑之後，吳傑教給他的用內心去感知周圍的環境讓他的境界提升了大大的一步。

陳昊東那群人雖然水性出眾，可是在白骨壕溝附近水溫太低，沒多久就開始承受不住，有人已經先行選擇上浮。

就在此時從白骨壕溝下方，六道黑影從白骨堆內竄出，正是一隻隻的水猴子，牠們以迅雷不及掩耳之勢撲向水中的人們。如果在陸地上，這些人應當和水猴子有一決勝負的能力，可現在是在五十米深的水下，普通人連做一個尋常的動作都難，更不用說在水中搏鬥。

陳昊東一方裝備也算齊全，每人都帶著武器，他們慌忙端起漁槍，可是有一人還未來得及將漁槍端起，他的雙腳就被水猴子抓住，猛地一扯，整個人被拖入白骨壕溝，淹沒於白骨之中，同伴雖然看不清發生了什麼，但是看到白骨堆上如同煙霧般升騰而起的黑色血霧，一個個已經觸目驚心。

陳昊東扣動扳機，漁槍射向一名直奔他撲來的水猴子，那水猴子在水中身法靈活，向右閃電般迴避，躲過射來的漁槍，就勢將箭鏃抓住，身體在水中倏然加速，如同一道疾電般撲到其中一人的面前，揚起箭鏃狠狠插入那人的面門。

轉瞬之間已經有兩人慘死。

一隻水猴子選中了吳傑作為目標，牠在水中潛游速度奇快，更可怕的是無聲無息，羅獵發現那水猴子意圖的時候，水猴子距離吳傑只剩下不到兩米的距離。

羅獵慌忙端起漁槍，向水猴子射擊，可另外一隻水猴子擋住了他的視線，那水猴子一把就將羅獵的漁槍前端抓住。

羅獵近距離射擊，鏃尖穿透了這水猴子的手掌，羅獵旋即抽出匕首，迅速斬斷水猴子的手腕，水猴子的左手齊根被匕首斬斷，血液湧出，牠嚇得捂住斷腕，向白骨堆逃去。

另外一隻水猴子正偷襲吳傑，張開嘴巴準備撕咬吳傑的頸部，卻沒想到吳傑的腋下突然露出一把細長的利劍。迎著牠的面孔準確無誤地刺入了牠的嘴巴。

羅獵看到吳傑出手如此高效，這才放下心來，其實吳傑藏在竹竿裡面的細窄長劍更適合在水下作戰，細窄的劍身決定在水中承受的阻力很小。

羅獵和吳傑出手，兩隻水猴子一死一傷，他們兩人毫髮無損，反觀陳昊東那邊卻已經是損失慘重，短時間內已經有三人被水猴子殺死，另外三人也匆匆上浮，如果不是羅獵和吳傑出手震懾了這些水猴子，恐怕他們也難以倖免。

水猴子來得快，去得也快，在羅獵和吳傑的周圍除了尚未完全散去的血霧之外已經看不到一隻水猴子的身影，就連被吳傑刺殺的水猴子也被同伴拖入了白骨堆內。

羅獵和吳傑雖然膽大，可是他們也不敢跟蹤水猴子去白骨堆內一探究竟。

羅獵此時看到白骨壕溝內有一張巨大的面孔，他打開隨身攜帶的防水手燈，光束照亮了昏暗的水底世界，那張面孔卻是一個巨大的武士頭部雕像，羅獵初步判斷，這雕像最早應當位於船頭。

雕像上是一個武士的面具，雖然沉入水底不見天日已有數百年之久，可面具上的雙角仍然金光閃閃，這應當是當年運送寶藏的倭寇船隻。

武士雕像的左眼有一個孔洞，那孔洞直徑要在兩米左右，完全可以容納一個成人通過，羅獵本來還在猶豫，可是吳傑已經率先從雕像的左眼中鑽了進去。

羅獵擔心他有所閃失，慌忙跟上，光束照射進其中，眼前頓時泛起一片金燦燦的反光，在雕像的內部飾以華美的金箔，兩人沒有游出太遠就已經到了底部，底部散落了許多的金磚，靠近中心的地方有一個直通江底的洞口，那洞口一看就是外力挖掘而成。

羅獵聞到了危險的氣息，也看到了水中尚未散去的血霧，剛才倉皇逃走的水猴子應當就進入了這個洞裡。吳傑表現出的執著讓羅獵頗為被動，畢竟他們處於浦江底部，如果這個洞穴是水猴子所挖，還不知這洞裡到底藏匿著多少隻水猴子，他們目前只有兩人，必須要考慮到最壞的可能。

還好羅獵擔心的狀況並未發生，他們進入洞窟之後不久，洞窟的走向就開始朝著斜上方，兩人在水中潛游了十分鐘左右，竟然到達了水面，這水面應當是和外面的浦江平齊，但並不是他們來到的地方，吳傑率先爬到了岸上，羅獵來到岸邊，摘下頭罩呼吸了一口潮濕的空氣，環視周圍，看到周圍擺滿了瓷器和金銀。

吳傑低聲道：「這裡應當位於虞浦碼頭的正下方。」

羅獵的方位感雖然很強，但是仍然比不上吳傑，他點了點頭道：「那些水猴子估計也無法在水中長期生活，所以在水底挖了一條地洞，一直通到虞浦碼頭的下面，想不到碼頭下方居然別有洞天，早知如此，我就直接從碼頭打一個地洞，也省得從水中潛入了。」

吳傑道：「這裡可能是水猴子的巢穴，你一定要小心，告訴我周圍有什麼？有沒有看到紫府玉匣？」

羅獵很少見到吳傑這樣失去鎮定，他將自己的所見告訴了吳傑，吳傑道：「我聞到血腥的氣息，那些水猴子應當是往這裡去了。」他指向右前方，羅獵其實早已看到了地上的血跡。

地面上鋪著不少的木板，這些木板都是從沉船上卸下的老船木，歷經數百年不腐，羅獵發現這些木板的鋪設還是有規律可循的，橫向鋪設，每塊木板之間會間隔一定的距離，乍看上去就像是鐵軌下的枕木，木板的邊緣非常整齊，長短寬窄幾乎一致，這些木板應當是利用工具裁鋸而成，如果眼前的木板是水猴子鋪設，那就證明這古怪的生物已經擁有了使用工具的能力。

人和動物的區別就在於對工具的使用，羅獵從未將水猴子視為和他們一樣的智慧生命。

吳傑吸了吸鼻子，他聞到新鮮的血液，證明受傷的水猴子就是從這裡逃走的。吳傑道：「紫府玉匣應當就在這裡面。」

羅獵道：「您因何做出這樣的判斷？」

吳傑道：「那隻水猴子受了傷，被你斬斷了一隻手爪，牠一定是儘快前往紫府玉匣處療傷。」

羅獵觀察著腳下木板上的血跡，低聲道：「也許牠們在故布疑陣，將咱們引入圈套之中。」

吳傑道：「水猴子再聰明也不過是個動物，牠們怎會擁有這樣的智慧？」

羅獵看到腳下的木板開始逐漸變得長而寬，隨著木板的變化，他們前方的通道也變得越來越廣闊，從四周光滑的牆壁來看，這整座的地下建築全都是利用工具建成。

吳傑道：「這地洞真是不小。」

羅獵道：「水猴子裡面居然也有懂得建築的建築師。」他是有感而發，看到這地下建築的頂部全都是拱頂，證明水猴子也考慮到了力學方面的因素，道路兩旁散落著不少的碎瓷片，肯定有水猴子利用瓷片進行挖掘。

再往前走，溫度漸漸升高，一股硫磺氣息撲面而來，在他們的前方現出一面水潭，水潭之上熱氣騰騰，原來在地底深處還蘊藏著一眼溫泉，羅獵將眼前所見及時告訴了吳傑。

湊近溫泉，看到一隻水猴子漂浮在潭水之上，鮮血將周圍的潭水染紅，這隻水猴子正是被羅獵斬斷左手的那一隻，如今水猴子因為失血過多而死去，躺在溫泉水面上一動不動。

羅獵正準備看個究竟，卻看到水波蕩動，慌忙和吳傑兩人向後退卻，兩人剛剛退開不久，就看到一隻碩大的頭顱從溫泉中探身出來，一口就將水猴子的屍體吞了下去，羅獵看得真切，吞掉水猴子屍體的分明是一條巨蟒。巨蟒吞掉水猴子的身體之後，金黃色的眼睛掃過羅獵和吳傑，牠並沒有發動攻擊的意識，而是吐出鮮紅色的信子，旗幟一樣在空中舞動。

吳傑手中細劍指向蟒蛇，羅獵握住他的手腕，示意吳傑不要輕舉妄動。巨蟒昂首挺立了一會兒，懶洋洋閉上了眼睛，又慢慢將頭縮了回去，不多時就整個消失於溫泉的水面之下。確信牠已經離去，羅獵道：「走了！」

吳傑道：「怪了，怎會有一條大蟒生長於溫泉之中。」

羅獵道：「這樣巨大的蟒蛇通常生於熱帶，或許有人將牠帶到這個地方，溫泉內的溫度又剛好適合牠生存。這麼大的蟒蛇不知在此地生存了多少歲月。」

吳傑道：「牠未必一直待在裡面，天冷在溫泉內生活，等到天氣變暖一樣可以出去覓食。」

羅獵心中暗忖，如此說來，這溫泉等同於水猴子公墓，水猴子死後，同伴就將牠們的屍體投入溫泉之中，蟒蛇吞下牠們的屍體，這是一種獨特的埋葬方式。

吳傑突然停下說話，因為他感知到危險正在向他們迫近，這危險並非來自身後的溫泉。

羅獵看到有十多隻水猴子正沿著他們頭頂的牆壁攀爬而來，這裡果然是水猴子的巢穴。羅獵和吳傑同時做出了一個決定，他們不會選擇撤離，如果撤退到外面的水中，對水猴子反而更加有利。

羅獵隨手揮出三柄飛刀，飛刀呼嘯射向水猴子的陣營，馬上有兩隻水猴子被飛刀射中，牠們從頂部落入溫泉之中，還未等到牠們落在水面之上，剛剛潛入水中的巨蟒再度從水面下躥升而起，張開大口一口將其中一隻水猴子吞了進去，另外一隻受傷的水猴子慌忙向岸邊游去，不等牠游到岸邊，羅獵抬腳踢起一個瓷瓶，瓷瓶擊中水猴子的面門，水猴子受了這一擊雖然不至於送命，可是也無法及時爬到岸上，被巨蟒又是一口吞了下去。

吳傑向前方衝去，手中細劍揮舞得風雨不透，他的身體籠罩在一片劍光之中，主動靠近他的水猴子無不紛紛中劍。

羅獵祭出飛刀，飛刀在他的操控下凌空飛旋，如同被繩索牽引著一樣。

水猴子很快就意識到牠們根本不是兩人的對手，慌忙散開陣列，牠們並不急於逃離，只是適當地保持和兩位不速之客之間的距離。發出陣陣憤怒的嚎叫，羅獵望著這群水猴子一張張醜陋的面孔，近距離觀察總算看清牠們的面貌，這些水猴子渾身長滿銀灰色的短毛，面部扁平，雙目沒有眼白，都是棕紅色的眼珠，臉上沒有鼻子，只有一張嘴巴，嘴巴很大，嘴角一直延伸到耳後的位置，確切地說牠們兩側並不是耳朵，而是類似於耳朵的鰭，在這對鰭的後面有三道裂紋，是牠們用來呼吸的鰓。

吳傑看不到水猴子的模樣，忍不住問道：「牠們是不是長得很醜？」

羅獵點了點頭道：「不錯，不過水猴子的審美觀跟咱們不同，或許在牠們眼中咱們也是一樣。」

吳傑的唇角露出一絲難得的笑容，低聲道：「還有多少？」他之所以這麼問，是因為聽到窸窸窣窣的聲音，羅獵的表情變得嚴峻，因為他看到數百隻水猴子正從四面八方向他們所在的位置蜂擁而來，如果這些水猴子對他們群起而攻之，單憑著他們兩人很難取勝，更何況這巢穴中不知道究竟有多少水猴子，羅獵也沒有足夠的信心全身而退。

水猴子的身上帶著陣陣惡臭，牠們還未靠近，可是臭味已經傳來，讓人作嘔，羅獵心中暗忖，只怕戰鬥還沒打響，就被這些水猴子給熏暈過去。羅獵從防水背囊中取出了防毒面罩，遞給吳傑一個，吳傑不知羅獵想做什麼，不過知道他向來足智多謀，馬上將防毒面罩戴上。

羅獵不慌不忙地戴上頭罩，在那幫水猴子即將衝過來的時候，羅獵將一顆自製的煙霧彈投擲出去，煙霧彈在水猴子的隊伍中爆炸，這顆煙霧彈卻是特製，除了爆炸本身的威力，煙霧中還有高純度辣椒提取素和芥末提取素，其實羅獵扔出得就是一顆自製的催淚瓦斯。

那群水猴子在吸入煙霧之後，一個個劇烈咳嗽了起來，牠們捂著眼睛，閉合鰓部，在煙霧中掙扎，有的水猴子因為無法承受這刺激性的味道，不得不選擇跳入溫泉之中。

可是溫泉中的大蟒還在，牠的眼中可沒把水猴子當成自己的好鄰居，血盆大口到處出擊，對逃入水中的水猴子展開了一場毫不留情的血腥屠殺。

羅獵最初製造這催淚彈的初衷是認為在中華傳統五行之中，土能克水，他一開始想到用石灰對付水猴子，不知是否有效，後來才想起催淚瓦斯這樣東西，其實催淚瓦斯在一戰的時候法國已經在戰場上對德軍使用，羅獵在購置催淚彈原有的基礎上進行了改進和提純，威力更大。不過羅獵在使用之前並沒有足夠的把握，看到催淚瓦斯對水猴子殺傷力如此巨大，他方才知道果然找到了應對水猴子的方法。

水猴子為了逃避這可怕的味道，一個個爭先恐後地衝入溫泉，巨蟒不停吞食主動送上門來的獵物，一時間溫泉潭水如同沸騰了一般，潭水也被水猴子的血液染紅。

羅獵和吳傑也從剛才被水猴子群起而圍攻的場面解脫出來，現在水猴子簡直把他們兩個視為煞星，避之不及更不用說什麼主動攻擊了。

他們向地洞深處走去，因為掌握了對付水猴子的方法，現在也是有恃無恐，向前走了三十餘米已經來到盡頭，裡面雖然堆積了不少從沉船上撈取的珍貴財物，可是其中並無吳傑心心念念的紫府玉匣存在。

他們在裡面搜尋的時候，聽到外面不時傳來水猴子的慘呼聲。足足搜尋了一個小時，吳傑搖了搖頭，低聲道：「我感覺不到任何的異常，這裡應當不會有紫府玉匣。」

羅獵也和他有同樣的感覺，安慰吳傑道：「或許紫府玉匣只是一個傳言罷了。」他看了看時間，距離約定回去的時間還剩下一個小時，向吳傑道：「咱們先上去，省得他們擔心。」

吳傑眉頭緊鎖，喃喃道：「不應該是這樣，不應該是這樣啊！」

羅獵沒想到紫府玉匣被他看得如此之重，勸道：「吳先生，不如咱們先回去，歇息一下再重返這裡？」

吳傑忽然道：「水潭，我們還有水潭沒有搜查過！」

羅獵心中一驚，他當然知道吳傑口中的水潭指的是什麼地方，那溫泉水潭他們的確沒有搜尋過，可是水潭是巨蟒的巢穴，剛才逃入水潭的那些水猴子基本上都淪為了巨蟒的獵物，他們兩人雖然武功不弱，可是也沒把握戰勝那條巨蟒。

羅獵道：「吳先生，還望三思。」

吳傑道：「你可以不去，我必須要去。」

羅獵道：「在先生心中，紫府玉匣難道比生命更加重要？」

吳傑道：「對我而言，光明比生命更重要，你不是我，你不會懂得。」說完，他大步向水潭走去。

羅獵趕緊跟在他的身後，吳傑在水潭前停下腳步道：「你和我不同，我孑然一身，你有家人，你沒必要跟我一起冒險。」他抓起地上的一具水猴子屍體，猛然向水潭中扔了過去，吳傑的目的是引誘巨蟒出來。

可是水猴子的屍體落入潭中之後，許久不見巨蟒出來獵食，羅獵暗自揣測，那條巨蟒應當是吃了太多，這會兒對獵物已經沒有任何興趣了。吳傑也想到了這一層，他沉聲道：「現在是最好的時機，機不可失，失不再來！」一旦等到巨蟒將食物全都消化，那麼牠的第二次獵食行動又會開始，等到那時候再想潛入水潭風險必然增加數倍。

吳傑毫不猶豫地躍入水潭，他剛進入水潭，就感到水波蕩動，從水波蕩動的幅度可以判斷應該並不是巨蟒出洞，而且這次水波的蕩動來自於他的身後，吳傑判斷出是羅獵跟隨自己進入了水潭，心中不由得有些感動，羅獵冒險陪同自己一起進入水潭尋找紫府玉匣，這不但需要勇氣，更體現出他對自己的深厚友情。

越往下潛，潭水的可見度越高，這和沾染了水猴子的血液有關，兩人集中精神感受著周圍的一切動靜，除了他們彼此潛游引起的蕩動，並沒有發現任何的異常，羅獵心中暗忖，難道那巨蟒果真是吃飽了，返回牠自己的巢穴去歇息了？

潭水溫暖，吳傑循著其中的暖流向溫泉的泉眼游去，這水潭的深度應該超過三十米，在他們越來越接近泉眼的時候，羅獵看到下方竟然有微弱的紫色光芒綻放出來。

吳傑當然看不清光線的所在，羅獵循著光芒繼續向下方潛游，很快就判斷出紫色光芒就來自於泉眼之中，吳傑已經先行游到泉眼的位置，因為溫泉從泉眼湧出的緣故，想要進入泉眼，必須要對抗溫泉湧出的阻力。

吳傑用竹杖探入泉眼之中，很快就戳到一個堅硬如石板的物體，收回竹杖，抵受住向外噴湧的泉水，他向泉眼中游去。

羅獵看到吳傑的半個身軀都已經進入了泉眼，只剩下兩條腿在外面，就在此時他忽然感覺到頭頂水波蕩動，抬頭望去，巨蟒正向下飛速衝來，羅獵緊張地拍了拍吳傑的右腿，提醒他必須馬上離開泉眼，可是吳傑仍然不為所動。

羅獵無奈之下，取出漁槍，向巨蟒發射，箭鏃破水向上射去，射中巨蟒的頭顱，鋒利的鏃尖卻被巨蟒堅硬的外皮阻擋，根本無法對巨蟒造成任何傷害。

羅獵打開防水手燈，光束照向巨蟒，希望能夠用光束將巨蟒嚇退，想不到巨蟒非但沒有退縮，反而加速向他衝來，羅獵將手燈全力投向遠方，巨蟒暫時被光束所吸引，微微改變了方向，一口就將手燈吞了進去。

潭水動盪，巨蟒的長尾向羅獵橫掃而去，羅獵的動作在水中畢竟受到了影響，躲避不及，被巨蟒掃中腹部，羅獵的身體猶如秋風中的落葉一般飄向一旁。

巨蟒龐大的身軀在水中卻表現得非常靈活，迅速調轉過頭來，張開血盆大口向仍然有半截身體在泉眼中的吳傑撲去。

羅獵的身體仍然在向後飄動，他眼睜睜看著巨蟒撲向吳傑，可惜自己卻無能為力，心中無奈到了極點，難道要親眼看著吳傑被這條巨蟒吞入腹中？眼看吳傑就要被巨蟒吞入腹中之時，泉眼卻綻放出炫目之極的紫色光芒，這光芒照亮了整個水潭，羅獵的雙眼也被這光芒照射得白花花一片，他下意識地閉上了雙目，如果長時間盯著這強光恐怕雙目都會被灼傷甚至失明。

巨蟒因這強烈的光線而突然停下了攻擊，和人類不同，蟒蛇是沒有眼瞼的，牠們就算是死也不會閉上雙目，蟒蛇的視力雖然不好，可是對光線仍然有反應，這倒楣的巨蟒雙目被強光灼傷，巨蟒的眼睛先是白茫茫一片，然後變成了一片漆黑，牠在水中掙扎著，因突然的失明而陷入惶恐之中。

吳傑手中抓著一個魔方大小四四方方的紫色晶石，正是晶石本身散發出如此強烈的光芒。

羅獵不敢睜開雙目，他本能地向上浮去，剛才巨蟒的尾巴掃中了他的左肋，羅獵感覺自己可能有兩根肋骨斷了，刺痛讓他難以繼續支撐下去，求生的本能讓他儘快回到岸上去。

吳傑抱著紫色晶石，他也開始上浮，巨蟒龐大的身軀在水中舞動，不過牠不敢對吳傑發動攻擊，吳傑抱著紫色晶石迅速浮出水面。

羅獵已經先行爬到了岸上，躺在地上，雙目仍然緊閉，儘管他閉眼夠快，可雙目仍然還是被強光所灼傷。

吳傑出現在岸上，那塊方方正正的晶石離開溫泉之後，光芒迅速開始變得暗淡，很快就變成了黯淡無光的灰色。吳傑道：「你幫我看看，這東西有什麼特徵？」說話的時候，他的雙手在撫摸著晶石的表面，想要判斷上面到底有沒有銘文和圖案，可手指所觸及的地方都是光滑的，而且吳傑感覺這塊晶石的溫度正在迅速下降。

羅獵嘗試著將左眼睜開一條細縫，確信那東西不再發光，這才將雙目小心地睜開，他的視力應該沒有受到太大的影響，不過一睜眼就開始不停流淚，羅獵知道剛才的強光灼傷了自己的眼睛，可能需要調養一段時間，眼睛才能完全康復。

他望著那四四方方的晶石道：「好像是個實心的東西，難道這就是紫府玉匣？」

吳傑的手來回撫摸著那塊晶石：「剛才還是熱的，怎麼突然就變冷了？」

羅獵道：「剛才還發出紫色的強光，蟒蛇的眼睛應當被牠灼傷了。」他伸手在晶石上摸了摸，感覺觸手處極其寒冷，簡直就像是在摸一個冰塊。羅獵心中暗忖，難道是因為晶石離開了水，所以才會變成這個樣子？

吳傑道：「紫府玉匣明明有枯木逢春起死回生的力量，怎麼？」他的手在晶石上反覆摩挲，可是這塊晶石如同死了一樣，沒有任何反應。他拿起晶石重新浸入水中，羅獵被他的舉動嚇了一跳，趕緊閉上了雙目，過了一會兒沒有感受到強光，這才又睜開了雙目，看到那晶石浸入水中之後還是毫無反應。

剛才還散發出強光的紫色晶體如今就像是一個尋常的鐵塊，吳傑喃喃道：「怎麼會這樣？怎麼會這個樣子？」

羅獵擔心巨蟒去而復返，示意吳傑遠離水潭。望著吳傑手中的這灰色晶體，羅獵也是心中感歎不已，恐怕沒有人會相信這顆東西就是所謂的紫府玉匣，羅獵向滿臉失望的吳傑道：「吳先生，咱們該走了！」

陳昊東和他的那群手下剛剛入水就被水猴子攻擊，死傷慘重，他們逃到船上的全過程都已經被鐵娃看了個清清楚楚，鐵娃將所見及時告訴了福伯。

福伯並沒有將陳昊東那群人看在眼裡，他不會看錯人，陳昊東壓根就是個扶不起的阿斗，正是這個原因，他才不會選擇扶植陳昊東成為盜門門主。

羅獵和吳傑比約定的時間提前五分鐘回到了岸上，鐵娃和福伯慌忙上前接應，羅獵的眼睛受不了強光，上岸之後始終閉上雙目，福娃找來墨鏡給他戴上，羅獵先去往家裡打了個電話報了平安。

吳傑仍然穿著那身魚人甲，失魂落魄地坐在椅子上，那顆從泉眼中找來的晶石如今就擺在桌面上。福伯戴著老花鏡近距離觀察這塊晶石，看了好久方才道：「這顆東西就是紫府玉匣？」

吳傑搖了搖頭道：「我不知道。」

羅獵道：「可能是吧。」

福伯用手摸了摸，現在這顆東西看起來更像是一個四四方方的鐵塊了，他斷言道：「我雖然沒見過紫府玉匣，可我也能夠肯定，這東西一定不會是。」

羅獵道：「其實誰都沒有見過，誰也不知道這東西到底有什麼用處。」他讓福娃將自己鎖在辦公室保險櫃裡的東西取出來。

羅獵在這段時間已經找能工巧匠製作了一個玉匣，這玉匣是他根據福伯的描述製作而成的，將玉匣和吳傑找來的那顆東西放在一起，任何人都會認為羅獵做的才是真正的紫府玉匣。

福伯道：「你打算用這個玉匣將麻雀換出來？」

羅獵道：「您老都沒見過，鄭萬仁又怎麼可能見過。」

吳傑忽然歎了口氣道：「被你說中了，紫府玉匣只是一個笑話罷了，我竟然會相信。」他起身向外面走去。

羅獵道：「吳先生，這晶石……」

吳傑擺了擺手道：「你留著當個紀念吧，對我來說毫無意義。」

羅獵卻知道這顆變得黯淡無光的晶石沒那麼普通，即便是它並沒有讓人起死回生的力量，也不會讓吳傑的雙目復明，可是這晶石的內部一定蘊藏著強大的能量，羅獵親眼見識過它離開泉眼時的光芒，羅獵甚至認為泉水都是因為這晶石而變得溫暖。

福伯道：「你準備去救人？」

羅獵點了點頭，他不會見死不救。

電話鈴在此時響了起來，羅獵拿起電話，電話是程玉菲打來的，程玉菲找到了麻雀被關押的地方，就是距離他們不遠的福喜貨倉，為了避免打草驚蛇，她並沒有通知巡捕房，而是第一時間選擇通知羅獵。

羅獵想了想馬上就做出了決定，他決定帶著兩樣東西一起去和鄭萬仁交易，而在他交易的同時，由福伯率領其他人去營救麻雀。

鄭萬仁選擇交易的地點居然就在羅獵過去任職的小教堂，這場交易並非是公平的，他拒絕了羅獵一手交貨一手放人的要求，他要羅獵獨自前來，且先將找到的紫府玉匣送給他，他答應羅獵，在他得到紫府玉匣三天之後會給麻雀自由。

第四章

漆黑如墨的雙目

暴怒奔走的鄭萬仁突然停下腳步，看到羅獵就站在前方，
鄭萬仁面孔佈滿青筋，雙目也變成漆黑如墨的顏色，
他向羅獵伸出手去，手上佈滿鱗片，手指尖利如爪，
嘶啞著聲音叫道：「把東西給我……」

羅獵拎著皮箱走入小教堂內，鄭萬仁轉身看了看他，看到羅獵走入小教堂仍然沒有將墨鏡除下。

羅獵來到鄭萬仁的身邊坐下道：「鄭先生選這裡是為了懺悔方便嗎？」

鄭萬仁笑了起來：「我沒什麼好懺悔的，我要的東西你帶來了？」

羅獵拍了拍皮箱道：「東西帶來了，可是我怎麼知道麻雀是否平安無事？」

鄭萬仁道：「你好像沒有選擇，為了表示我的誠意，我先送給你一樣東西。」他將一個文件袋遞給了羅獵，羅獵道：「什麼？」

「裡面是麻雀的犯罪證據，就憑裡面的東西我完全可以讓她身敗名裂，從侯爵夫人變成一個階下囚。」

羅獵內心一凜，不知鄭萬仁抓住了麻雀的什麼把柄？

鄭萬仁看了看羅獵的皮箱道：「現在可以把東西交給我了？如果東西是真的，我保證三天後麻雀會毫髮無損地出現在你的面前。」

羅獵打開了皮箱，從中取出了一個玉匣。

鄭萬仁的表情從期待變得失望，他冷冷望著羅獵道：「這就是你得到的紫府玉匣？你當我是三歲孩童？」

羅獵不慌不忙地將玉匣打開，當鄭萬仁看到玉匣中灰不溜秋的方塊的時候，目光卻變得明亮了起來，鄭萬仁的全部注意力都集中在晶石上，卻沒有料到羅獵在觀察他的表情變化，羅獵完全有機會救出麻雀而拒絕和鄭萬仁交易，但是羅獵有種預感，總覺得鄭萬仁對紫府玉匣會有所瞭解，所以他才答應當面交易，也得以近距離觀察鄭萬仁的舉動。

鄭萬仁想要伸手去拿那晶石的時候，羅獵卻將玉匣合上，又蓋上皮箱。冷冷道：「這東西對不對？」

鄭萬仁抿了抿嘴唇道：「三天後麻雀會平安無事，把東西給我。」他的話已經證明羅獵找到的這顆灰不溜秋的方塊就是紫府玉匣。

羅獵道：「我憑什麼相信你？」

鄭萬仁道：「你沒有選擇，如果你不給我，麻雀必死無疑。」

此時小教堂的大門突然被從外面撞開，陳昊東率領數十人從外面衝了進來，他叫囂道：「把紫府玉匣給我！」

鄭萬仁面色一沉，他不知道這小子是如何得知他們交易的地點。

羅獵怒道：「鄭萬仁，你居然不守承諾！」

鄭萬仁伸手想趁著羅獵不備強行搶下皮箱，卻想不到羅獵將皮箱朝大門的方向扔了出去。陳昊東看到皮箱飛來，他驚喜道：「箱子，箱子，抓住那箱子。」

一名手下張開雙臂去接皮箱，可他的雙手剛剛抓住皮箱，一道身影就衝了上來，卻是鄭萬仁及時衝上來一把抓住皮箱，抬腳將那名盜門弟子踹開。陳昊東帶來的這群人此前就已經得到了命令，不計代價搶奪這只皮箱，他們才不管鄭萬仁是什麼長老，兩人衝上來想要搶奪箱子，鄭萬仁竟然掏出手槍，對準那兩人接連兩槍，子彈近距離擊中兩人的額頭，兩人直挺挺倒了下去。

陳昊東雖然對今天的局面做過最壞的估計，卻沒有想到鄭萬仁為了得到什麼紫府玉匣竟然可以對同門弟子下手，他大叫道：「殺了他！」那群手下舉起武器向鄭萬仁射擊，鄭萬仁抓起皮箱向教堂聖壇的方向逃去，他逃得雖然很快，可是身體也被子彈擊中，但是鄭萬仁中彈之後竟然毫無感覺，他躲到教堂石柱後方，青色的脈絡從他的脖子宛如樹幹一般迅速蔓延到他的面孔之上，讓他的容貌變得異常恐怖。

鄭萬仁打開皮箱，從中取出玉匣，打開玉匣，卻看到玉匣中空空如也，剛才他明明看到羅獵將紫府玉匣放在了裡面，怎麼會不翼而飛，而此時羅獵已經在小教堂中失去了蹤影。

鄭萬仁方才意識到自己上了當，他怒吼一聲將玉匣在地上摔了個粉碎，密集的彈雨向他的藏身之處掃射而來，鄭萬仁突然從藏身處衝了出去，任憑子彈射中他的身體，他雙手舉槍瞄準陳昊東那群人瘋狂射擊，竟然對射向自己的子彈視若無睹。

陳昊東身邊的人接連倒下，陳昊東看到鄭萬仁被射中的傷口迅速癒合，他幾乎不能相信自己的眼睛，這位盜門的長老竟然是一個不死的怪物。

此時外面傳來警笛聲，小教堂的槍戰吸引了巡捕房的到來，鄭萬仁不再戀戰，他衝向一旁，用身體撞碎教堂的彩繪玻璃，落荒逃去。

陳昊東聽到外面傳來巡警的警告聲：「所有人放下武器出來！繳槍不殺！」

鄭萬仁怒火填膺，他有生以來從未被人欺騙得這麼慘過，剛才他明明看到羅獵將晶石放入了玉匣又塞到了皮箱裡，可羅獵就在自己的眼皮底下完成了掉包，鄭萬仁能夠斷定，陳昊東那群人一定是羅獵引過來的，他就是要利用陳昊東來製造混亂，然後又報警抓人，想要將自己和陳昊東一網打盡，這樣盜門中所有的敵人都會被他掃除乾淨。

鄭萬仁無法忍耐，他要殺死麻雀，他要殺死羅獵全家，他不在乎會不會暴露，也不在乎會產生怎樣的後果。

暴怒奔走的鄭萬仁卻突然停下了腳步，因為他看到羅獵的身影就站在前方，鄭萬仁的整個面孔都佈滿了青筋，他的雙目也變成了漆黑如墨的顏色，他向羅獵伸出手去，他的手上佈滿了鱗片，手指尖利如爪，嘶啞著聲音叫道：「把東西給我……」

羅獵向上指了指空中，鄭萬仁抬頭向上望去，卻見兩道寒光追風逐電般從空中俯衝射落，卻是兩柄飛刀，從不可思議的角度深深射入他的雙目之中，穿透了他的眼球，深深釘入他的顱腦之中。

鄭萬仁的雙手捂住了面孔，他感到自己的頭顱如同被打開了兩條通道，他意識到自己的一生到此終結了。

麻雀重見光明的那一刻忍不住抱著程玉菲痛哭起來，多半人都不像自己平時表現得那樣堅強，程玉菲勸慰道：「別哭了，一切都過去了。」

麻雀一邊擦著眼淚一邊四處張望，她並沒有看到羅獵的身影，心中難免感到失望，其實她是期望羅獵前來的，可轉念一想，自己和羅獵又有什麼關係？他又怎會來救自己？這個世界上每人都有自己的緣分和造化，只是偏偏沒有屬於她自己的那一份。

程玉菲笑著將鄭萬仁已經授首的消息告訴了麻雀，麻雀聽到這個消息心中稍安，至少以後再也不用受到此人的威脅了。

羅獵回到家中，一直在家裡等著他消息的葉青虹小跑著衝了過來，撲入他的懷中緊緊擁抱著羅獵，羅獵笑道：「我這不是平安回來了？」

葉青虹道：「我知道，我知道。」

羅獵捧起她的俏臉，看著她滿臉晶瑩的淚水，不禁笑道：「哭什麼？有什麼好哭的？」

葉青虹道：「我懷孕了！」

陳昊東這次一敗塗地，他勾結鄭萬仁出賣盜門利益，殘害同門的事情已經被福伯公諸於眾，當然他的麻煩不僅僅是這些，小教堂的那場槍戰，已經讓他被當場拘捕，現在他被警方正式收押。

福伯過來探望了陳昊東，陳昊東考慮了一下還是答應跟這位親手將自己送入監獄的老前輩見一面。

福伯首先將盜門對陳昊東的處理決定告訴了他，雖然陳昊東犯了門規，可是念在老門主的份上，仍然對他網開一面，盜門決定沒收他所有的財產，再將他逐出盜門，以後陳昊東和盜門之間再無任何的關係。

福伯道：「你務必要記住，以後不得以盜門弟子自居，也不得做任何危害盜門利益的事情，如果違背了這兩件事，就不會再給你任何的機會。」

陳昊東頹然笑道：「我還有機會嗎？」

福伯道：「你那麼年輕當然有機會，**一個人不可以讓金錢和權力蒙住了雙眼，否則會看不清這個世界，甚至看不清自己。**」

陳昊東呵呵笑了一聲道：「收起您的大道理吧，我之所以有今天還不是被你陷害？」他盯住福伯道：「你如果不是為了金錢和權力，又何必扶植自己的弟子上位？」

福伯搖了搖頭道：「我只是不想盜門的千年基業斷送在你們這群野心家的手中，羅獵對盜門門主這個位子根本沒多少興趣。你那麼辛苦想成為門主，你知不知道鄭萬仁的真正身分是什麼？他是日本間諜，扶植你的目的是要控制一個傀儡，通過你掌控盜門，如果你父親泉下有知，知道你被日本間諜利用，你覺得他會怎麼想？」

陳昊東被問得啞口無言，沉默良久方才道：「鄭萬仁現在何處？」

福伯道：「被羅獵清理門戶了。」

陳昊東曾經親眼看到鄭萬仁身中數槍而完好無損，聽說羅獵仍然將之剷除的消息，心中越發感到沮喪，自己選擇和羅獵為敵顯然是不明智的行為。他又想起了一件事：「有沒有麻雀的消息？」

福伯道：「已經救出來了，她沒事。」

陳昊東點了點頭，臉上露出一絲欣慰的表情：「如此甚好。」

福伯從他在麻雀問題上的反應看出陳昊東還算良心未泯，輕聲道：「你的案子我請教過律師，罪不至死，可能要坐上幾年牢，希望你能吃一塹長一智，從今以後要踏踏實實做人。」

陳昊東道：「謝謝你的教訓，請回吧。」

麻雀主動登門拜會了羅獵夫婦，她在事後知道羅獵為她所做的一切，認為自己於情於理都應當親自登門向羅獵說聲謝謝，葉青虹只是陪她聊了一會兒就選擇迴避，她知道自己在場可能麻雀有些話不方便說。

麻雀望著葉青虹離去的背影不由得笑了起來，她向羅獵道：「如果是我，我不會放心自己的丈夫和一個別的女人單獨相處。」

羅獵也笑了。

麻雀道：「我欠缺她的大度和胸懷，所以我永遠也比不上她。」望著羅獵英俊的面龐，麻雀的心中再無昔日的委屈和怨氣，經歷這次的事件之後，她突然明白了一個道理，愛並不是一定要佔有，如果可以遠遠看到心上人幸福，默默祝福他，那也是一種溫暖和欣慰。

羅獵道：「你一直都是個優秀的女孩子。」

麻雀歎了口氣道：「當不起女孩子這個稱呼了，不知不覺就老了。」

羅獵道：「你還年輕，還有大把的青春年華可以揮霍。」

麻雀笑了起來：「你的語氣真像我爸。」提起父親，她的腦海中不由得浮現出他的音容笑貌，心中一陣難過，她現在很難評價父親在學術上的執著是好是壞，正是因為父親的執著才引起了後續那麼多的麻煩，麻雀甚至不知道這種負面的影響會持續到什麼時候。

羅獵將早已準備好的文件袋遞給了麻雀。

「什麼？」麻雀當著羅獵的面打開了文件袋，看到裡面的東西她明顯呆了一下，眼圈瞬間紅了起來。

羅獵沒說話，只是為她的茶杯內續上熱茶。

麻雀道：「肖恩設計害我，被我發現，衝突中我失手錯殺了他。」她淚光盈盈地望著羅獵道：「我當時很害怕，我不想坐牢，我也是那時候認識了鄭萬仁，他幫我偽造了現場，偽造了遺囑，甚至偽造了我和肖恩的婚姻證書，他不但幫我躲過了牢獄之災，還幫我獲得了侯爵夫人的身分，幫我繼承了肖恩的遺產。」

麻雀咬了咬嘴唇：「我有罪！」

羅獵道：「我不認為正當防衛是一種犯罪，雖然你在其中採用了一些見不得光的手段，可是在當時的狀況下，你又能有什麼選擇呢？」羅獵的目光落在麻雀手中的那份文件袋上：「有些時候揭開事實的真相並沒有任何的意義，也不會讓這個世界變得更美好。」

麻雀道：「可這是我心裡的一根刺……」

羅獵道：「你又怎麼能肯定拔出來不會給你造成更大的傷害。」他微笑道：「別忘了，我曾經是個牧師。」

麻雀咬了咬嘴唇，搖搖頭道：「我不是基督徒！所以我用不著向你懺悔。」

赤日炎炎的橡膠園內，瞎子坐在涼棚下吃著榴槤，來到南洋之後他就喜好上了這一口，瞎子認為這是水果中的臭豆腐，聞著臭吃著香。陸威霖捏著鼻子走近了涼棚。

瞎子也有日子沒見到這位老朋友了，樂呵呵道：「我還以為你把我給忘了，我給你開個榴槤。」

陸威霖搖了搖頭道：「我吃不慣那玩意兒。」

瞎子道：「你的人生真是無趣。」

陸威霖道：「告訴你一個好消息啊，你隨時可以返回國內了。」

瞎子道：「什麼？」

陸威霖道：「羅獵已經成為盜門門主，他取消了盜門對你的江湖追擊令，也就是說你已經自由了。」

瞎子點了點頭，卻沒有表現出太多的驚喜。

陸威霖道：「怎麼了？不開心？」

瞎子道：「倒不是不開心，只是突然不想回去了。」

陸威霖道：「為什麼啊？」

瞎子道：「這些年，我年少輕狂，成事不足敗事有餘，給兄弟們增添了不少的麻煩。現在回過頭來想想，自己實在是個不省心的人，來到南洋，我突然習慣了這種生活，守著一座小橡膠園，曬曬太陽，吃點榴槤，小日子也過得悠哉遊哉。更何況，曉蝶剛剛有了身孕，我覺得這南洋是我的風水寶地。」

陸威霖拍了拍瞎子的肩膀：「永遠都不回去了？」

瞎子道：「怎麼可能永遠，羅獵不是還要赴風九青的九年之約，到時候我準備和他一起去，如果他不嫌我礙事的話。」

陸威霖道：「羅獵不會讓任何人同去的，我覺得咱們最應當做的就是在羅獵去赴約的時候，照顧好他的家人，對了，羅獵和葉青虹的孩子就快生了。」

瞎子欣喜道：「真的？那就太好了。」

光陰似箭，日月如梭，幸福的時光在平靜中悄然渡過，臨近春節，黃浦仍然沒有太多節日的氣氛，整座城市被戰爭的陰雲籠罩著，日方對中華的滲透和侵略從未停止過，隨著日本勢力的不斷加大，在外交上不斷壓榨著中華的生存空間，竭盡所能地掠奪著中方利益。

政府的昏庸無能，讓國家經濟深陷泥潭，老百姓非但沒有享受到國民政府的任何紅利，日子過得反而更加困苦了。黃浦的大街上，人們行色匆匆，從他們的臉上很難找到一絲陽光，多數人的表情都如同這陰鬱的天氣。

程玉菲的偵探社已經徹底停業了，這並不是社會安定的緣故，現在社會動盪，形形色色的案件層出不窮，可是卻少有人光顧她的生意，人們已經習慣了犯罪和謀殺，他們已經見怪不怪麻木不仁，當人們不再追求公平和正義，甚至不去追求真相的時候，程玉菲的偵探社也就沒有了存在的意義。

程玉菲站在偵探社的門前，猶豫了好一會兒，還是將偵探社的招牌親手摘了下來，也許到了離開的時候。

麻雀在樓下等著她，麻雀是昨天才從歐洲回來的，這些年她一直都在歐洲，這次回來是因為葉青虹的邀請。看到程玉菲手中的招牌，麻雀頓時明白為何程玉菲要停留那麼久。抬起頭看了看樓上偵探社的窗戶，輕聲道：「真的決定了？」

程玉菲道：「當整個社會已失去了正義和公理，我的職業還有什麼意義？」

麻雀道：「當權者滿手血腥，他們卻執掌著法律，這時代就是那麼無奈。」

程玉菲歎了口氣道：「算了，走吧！」上車之後，她才想起詢問麻雀為何會突然回來？

麻雀道：「這次是葉青虹邀請我回來聚一聚。」

程玉菲道：「是啊，我聽說她還邀請了好多人，就連去南洋多年的安翟夫婦也回來了。」

麻雀道：「應當是給羅獵送行的。」

程玉菲有些詫異道：「你說什麼？羅獵要出遠門嗎？他要去什麼地方？」她並不知道羅獵和風九青的九年之約。

麻雀淡然笑道：「我只是猜測，具體的事情我也不清楚。」

羅獵在院子裡陪著兒女們玩耍，小彩虹已經八歲了，兒子羅平安才滿三歲，這名字是葉青虹起的，羅獵雖然覺得俗氣了一些，可是既然妻子喜歡也就答應了下來，他知道葉青虹給兒子起名平安的意思，平安是福，對葉青虹來說，最重要的就是一家人平平安安。

這幾年來他們從未提起過羅獵和風九青的九年之約，可並不代表著這件事會過去，葉青虹知道羅獵一定會去，她格外珍惜一家人在一起的每一天，今年春節她通知了羅獵所有的好友，其實就算她不說，許多人也會前來和羅獵相聚。

張長弓和海明珠是最早抵達黃浦的，他們也有了個兒子，名叫虎頭，虎頭出生之前，張長弓非常不安，他擔心兒子可能會受到化神激素的影響，直到兒子出生之後一切平安，張長弓這才放下心來。

瞎子和陸威霖同來，這次兩人的妻子都未隨行，倒不是因為他們對這次的相聚不夠重視，而是因為兩人做好了陪同羅獵一起前往西海的準備。

阿諾和瑪莎一起來的，他們兩口子結婚之後幾度分合，至少現在仍在一起，不過他們至今還沒有子嗣。

葉青虹通知諸位老友前來黃浦相聚，這件事一直都瞞著羅獵。

羅獵看到那麼多老友出現在自己面前的時候，頓時明白了葉青虹的苦心。

每次重逢都會有必不可少的寒暄，多年不見，幾位老友所談的話題大都是家庭和子女，只有等到女人和孩子離去，他們的話題方才回到最為敏感的事情上。

瞎子道：「我準備跟你去西海看看。」

其餘幾人都跟著點了點頭。

羅獵笑了起來：「其實我更希望你們明年這時候再過來，送別陣仗搞得越隆重，就證明你們對我越不放心。」他環視眾人道：「是不是以為我回不來了？」

張長弓道：「別胡說，我對你比對我自己都要有信心。」

阿諾道：「我這個人很少拍別人的馬屁，可我對你羅獵是真正的心服口服。就算我們幾個全都加在一起，也不如你的能耐大。」

陸威霖道：「其實你不妨再考慮一下，男人就算食言一次也沒什麼，風九青如果來找你的麻煩，咱們那麼多人，也不會怕她。」

羅獵道：「你們不必為我操心，這件事的原因不在風九青，而在我自己。」

「在你自己？」陸威霖不解道。

瞎子道：「你這還不明白啊，羅獵是自己想搞清楚九鼎的秘密。」

眾人都沉默了下去，他們對羅獵都是瞭解的，知道羅獵一旦做出決定的事情別人很難讓他回頭，而且從風九青提出再探西海，已經過去了九年，這九年風風雨雨，羅獵始終矢志不移，他一定經過深思熟慮。

張長弓道：「我們跟過去看看也不行？」

羅獵道：「沒那個必要，我和風九青最終會變成什麼樣子誰也不能預知，所以這件事還是我和她來處理最好。」

瞎子道：「你是盜門門主啊，她就算再能耐，也沒可能和整個盜門相對抗，羅獵，你現在兒女雙全，老婆又這麼漂亮，難道你真捨得拋妻棄子去冒險？」

張長弓瞪了瞎子一眼，責怪這廝胡亂說話，不過也不否認瞎子說得對。

羅獵笑道：「我會回來，一定會。」

陸威霖道：「你走之後盜門怎麼辦？你是盜門門主啊，難不成連盜門的事情也不管了？」

羅獵道：「我準備將盜門暫時交給麻雀，福伯也同意了，他還提出讓瞎子從旁輔佐。」

瞎子腦袋搖得跟撥浪鼓似的：「我？我可沒這個本事，再說了我當初被盜門追得亡命天涯，盜門弟子誰會對我心服？」

阿諾道：「你小子真是不爽利，羅獵讓你幫忙輔佐麻雀，又沒讓你當盜門門主，別人服不服氣你並不重要。」

陸威霖道：「罵得對，你小子就知道逃避責任，讓你幫忙的時候馬上開始往後縮，就是隻縮頭烏龜。」

瞎子舉手討饒道：「得，我答應，我答應還不成嗎？」

羅獵道：「現在的局勢艱難，日本人覬覦我中華國土，我看用不了太久時間他們就會發動對中華的全面侵略。」

陸威霖道：「區區一個小島國竟然欺負到了我們頭上。」

瞎子道：「落後就得挨打，自古以來都是這個道理，從鴉片戰爭就開始了，這幫外國人沒完沒了地欺負咱們。」說到氣憤之處，瞎子照著阿諾的後腦勺就拍了一巴掌。

阿諾被他一巴掌給打懵了，愕然道：「你打我作甚？」

瞎子憤然道：「鴉片戰爭就是你祖宗發起的，父債子償，打你都是輕的。」

阿諾道：「干我屁事啊，我們家除了我以外就沒人離開過歐洲。」他起身要跟瞎子幹上一架，張長弓趕緊將他們兩人給分開。

羅獵道：「戰爭一旦全面打響，我們的命運就由不得自己掌控了。」

瞎子道：「南洋目前來說倒還安全。」

羅獵卻知道一旦東瀛侵華開始，整個東亞都將受到這場戰爭的波及，歐洲也在以後的幾年中將陷入一場全面戰爭中，羅獵心情沉重，他不知道自己這次能否順利歸來，有生以來他從未像這次這樣缺乏信心。

張長弓道：「都去休息吧，這幾天好好過個年，別想這些糟心的事。」

葉青虹為羅獵整理著行裝，雖然臨別在即，可是她卻表現得異常平靜。

羅獵回到房間內，在身後默默看著，葉青虹道：「東西基本上都準備好了，你回頭檢查一下，是不是還遺漏了什麼？」

羅獵從身後輕輕抱住了她，葉青虹向後靠在他的懷中：「這次將他們都請過來，我事先並沒有徵求你的意見。」

羅獵輕吻著她晶瑩的耳垂道：「謝謝！」

葉青虹道：「你和我之間還用得上說謝謝？」她轉過身，望著羅獵的眼睛，從他的眼睛深處看到了他的不捨和眷戀。葉青虹伸手捧住他的面龐，柔聲道：「家裡的事情你不用擔心，你交代的那些事我都記得，如果你三個月後還不回來，我就帶著孩子去美國，我會在那裡等你。」

羅獵點了點頭。

葉青虹道：「你會回來的對吧？」她內心中充滿了酸楚，可是她卻不能哭，她不想自己的眼淚擾亂羅獵的心境。

羅獵道：「會，我一定會回來！」他其實並沒有足夠的信心。

葉青虹道：「我信你。」

羅獵重重點了點頭。

葉青虹踮起腳尖在羅獵的嘴唇上輕吻了一下，卻被羅獵緊緊擁抱在懷中，許久兩人才分開，葉青虹雙手抓住羅獵的衣襟，將他拉得更近一些，然後雙手平放在他的胸膛上，兩人的額頭抵在一起。

葉青虹道：「早點回來，我不希望你回來的時候我已經變成了老太婆。」

羅獵點頭，葉青虹仍沒有落淚，儘管她心如刀割，可是羅獵卻流淚了……

三月的青藏高原仍然寒冷，處處可見冰雪，在這片高原上少有旅人。荒涼的冰原上有一隻離隊的羚羊正步履艱難地走著，牠似乎隨時都要倒在地上，不過牠還在堅持著。空中有兩隻禿鷲在低空盤旋，牠們並不急於捕食這隻獵物。

羚羊身後的岩石之上突然出現了一頭雪獒的身影，雪獒受了傷，左肩的傷口仍然在滴著血，染紅了牠潔白的皮毛。牠的目光鎖定了艱難行進的羚羊，雪獒猛然甩開了步子，一瘸一拐地向羚羊衝去。

羚羊感到了危險的到來，牠轉身看了看，這才沒命奔跑起來，可只是跑了幾步，就已經喪失了全部的氣力，哀鳴一聲跌倒在荒原上。

雪獒出擊的同時，空中的兩隻禿鷲也向下方俯衝而去，作為獵食者牠們不可以讓青狼在牠們的眼皮底下捷足先登。

雪獒的速度明顯受到了影響，牠距離羚羊還有五米左右距離的時候，兩隻禿鷲已經衝到和羚羊不足三尺的距離，然而牠們卻在即將抓住獵物之時選擇了放棄，雪獒雖然凶猛，可是牠現在畢竟已經受了傷，凶殘貪婪的禿鷲才不會把牠看在眼裡。

真正讓禿鷲放棄的是因為有近二十頭餓狼從四面八方向正中包圍而來，牠們要捕獵的不僅僅是那頭倒地的羚羊。

雪獒也沒有繼續去捕食那隻羚羊，牠警惕地望著從周圍狂奔而來的餓狼，牠們之間的戰鬥已經持續了一天一夜，雪獒殺死了十七隻餓狼，這些剩下的掠食者顯然沒有放棄，牠們一路追蹤，那隻羚羊其實是牠們故意設下的誘餌，以羚羊引誘雪獒現身，然後將之包圍。

這一戰牠們要將雪獒絕殺於此。

雪獒昂起碩大的頭顱，冷風讓牠白色的毛髮在風中起伏，藍灰色的眼睛流露出幾分悲涼和壯烈，牠知道自己已經無力突破這群惡狼的包圍圈，接下來只能面臨戰死的結局，只要有一口氣在，牠就要戰鬥到底。

雪獒爆發出一聲嚎叫，然後向狼群衝去。二十頭惡狼向雪獒圍攏上去，荒原上展開了一場慘烈的戰鬥。

羚羊竭力昂起頭，牠已經無力站起，一雙無辜的眼界惶恐地看著眼前這場血腥的戰鬥，一頭惡狼被雪獒咬住脖子狠狠摔到了牠的面前，惡狼落地的時候脖子上已經多出了一個血洞。

雪獒雪白的身軀被狼群包圍，空中兩隻禿鷲並未飛遠，牠們低空盤旋著，等候著這場戰鬥的結束，對牠們來說今天是個豐收的日子，無論何方勝利，牠們都有一頓豐盛的大餐可以享用。

呼！荒原上突然響起了槍聲，一頭惡狼被射中了眼睛，飛撲到半空中的身體重重落在了地上。

遠處一位騎士縱馬奔來，他一手拎著馬韁，一手開槍，彈無虛發，轉瞬之間就有六頭惡狼飲彈而亡。雪獒本來已經盡落下風，全憑意志在支撐，沒想到在生死關頭突然有人相助，雪獒振奮精神，一口咬住試圖從側面攻擊自己的惡狼脖頸，稍一用力就將惡狼的頸椎咬斷。

騎士帶著口罩，不但可以禦寒也能擋風沙，彈夾射完之後，他單手完成了更換彈夾，然後瞄準一頭轉身撲向他的惡狼，子彈射入了惡狼的口中。

那群惡狼已經折損了大半，剩下的幾頭惡狼看到形勢不妙，頓時落荒而逃。

雪獒也無力追趕，牠向羚羊走了幾步，終於無力前進，趴倒在荒原之上，喉頭發出不甘的低吼聲。

騎士來到雪獒身前，他並沒有急於下馬，而是舉槍向空中開了一槍，這一槍並沒有瞄準目標，兩隻在空中盤旋良久的禿鷲被槍聲嚇住，振翅向遠方飛去。

騎士翻身下馬，扯下臉上的黑布，他就是前來西海兌現和風九青九年之約的羅獵，羅獵離開黃浦之後向西南行進入川，又經川西進入高原，高原的紫外線讓他的皮膚曬成了黧黑色，頭髮也長了許多，他有幾日沒有修剪鬍鬚，腮邊都是鋼針般的鬍鬚，現在的羅獵看起來少了幾分書卷氣，卻多了幾分粗獷。

雖然幾位老友都想陪他一起過來，可是羅獵仍然謝絕了他們的好意，選擇獨自前來，九年已經讓他們發生了太多改變，每個人都已經成了家，多半人都有了兒女，羅獵不想他們犧牲幸福拿生命陪自己冒險。

葉青虹在分別之時提出了一個要求，她讓羅獵離開之後就不要再想著家人，只有將全部的精力都投入到他的這場冒險中，他平安回來的希望才會更大，對家庭的眷戀和牽掛會讓羅獵產生畏懼的心理，會讓他在面臨生死抉擇的時候產生猶豫，可這種猶豫卻可能會影響到他的判斷。

一路走來，羅獵無數次仰望星空，這段時間他嘗試著忘記自己此前的一切，嘗試著習慣孤獨，孤獨可以讓他冷靜。

羅獵望著遍體鱗傷的雪獒，他來到羚羊身邊，羚羊已經死了，羅獵從羚羊的身上割下一塊肉，放在雪獒的嘴邊，雪獒艱難地吞咽著，羅獵開始為雪獒處理傷口，雪獒雖然遍體鱗傷可是並沒有致命的傷口，牠只是太累，而且接連幾天沒有吃東西，剛才經歷了生死存亡之戰，已經筋疲力盡。

按照羅獵本來的計畫，黃昏時候才會紮營休息，不過他決定提前了，如果他現在離開，這頭雪獒恐怕會因得不到照顧而死。

羅獵在雪獒旁邊升起了一堆篝火，然後紮好了帳篷，果不其然，兩隻禿鷲去而復返，這次來的不是牠們兩個，又招來了六名同伴。

羅獵給雪獒餵食之後，自己也吃了些乾糧，找出地圖，估算了一下自己距離西海的路程，再有十天就能夠順利抵達西海了。他的坐騎是一匹黑馬，馬兒對雪獒似乎有些畏懼，躲避到遠處的草丘下啃食著乾草。

雪獒休息了一會兒，精力有所恢復，牠慢慢來到死去的羚羊旁，開始啃食。

弱肉強食的叢林法則羅獵已經見怪不怪，羚羊已經死了，可雪獒還活著，只有依靠羚羊的血肉牠才有可能在這冰冷的荒原上活下去。

雪獒吃飽之後，一瘸一拐向遠方走去，羅獵也沒有挽留，望著這驕傲的生物身影消失在晚霞初升的天邊。

羅獵決定明晨再繼續出發，夜幕在不知不覺中降臨，在高原上看星星有種觸手可及的錯覺，羅獵不由自主想起了妻子和兒女，他趕緊將思念從腦海中驅趕出去，心中的牽掛越多，勇氣就會越少。這次的冒險和此前的任何一次都不同，羅獵甚至覺得自己可能會一去不復返。葉青虹應該預感到了這一點，所以她才會在自己的面前堅持沒有流淚，所以她才會說出如果自己三個月後還不回去，就帶著兒女前往美國的話。

羅獵準備去睡的時候，卻看到遠方一個白色的影子向營地走近，原來是那頭雪獒去而復返，牠來到篝火旁蜷曲著躺下，看來是找不到合適的地方，重新回到篝火旁享受溫暖。

清晨醒來，雪獒仍然沒有走，羅獵收好營帳，翻身上馬，駿馬向西狂奔而行，跑出一段的距離，羅獵回身望去，卻見雪獒一瘸一拐地跟在後面，不過牠的傷勢影響到了牠的速度，和羅獵之間的距離越來越遠。

羅獵放慢了馬速，讓雪獒不至於跟得那麼辛苦，這頭雪獒就此一路跟隨，在牠傷好之後，也沒有離開，顯然已經將羅獵當成了牠的主人。有了這頭雪獒同行，羅獵也發現增添了許多便利，至少他不再為打獵操心，雪獒總會捕來黃羊、野兔之類的獵物，而且每次牠都會將獵物完整地帶回羅獵身邊，等候羅獵分配之後牠才進食。

來到西海的時候，雪獒的傷勢已經完全恢復了。羅獵來到天馬灣，卻發現天馬灣和他九年前過來的時候有了很大不同，天馬灣的古城廢墟之上建起了一座軍營，這軍營是馬玉良的部隊，駐紮了一千人。在天馬灣還有一個小型的碼頭，配備了五艘炮艇。

羅獵在軍營西南的沙山之上用望遠鏡觀察天馬灣的情景，一邊觀察，一邊用鉛筆在紙上畫出了軍營的分佈圖。

羅獵正在忙著的時候，雪獒警惕地叫了一聲，羅獵伸手拍了拍雪獒的腦袋，示意牠冷靜，此時看到不遠處一人牽著一匹馬向他走了過來。

羅獵認出來人正是風九青，風九青向他微笑點了點頭，算是打了個招呼。

羅獵道：「我還以為你不會來了。」

風九青道：「你當然不希望我來，如果我不出現，你就能回去和家人團聚了對不對？」

羅獵將望遠鏡遞給她道：「軍營和碼頭是不是還有其他人知道九鼎的事？」

風九青道：「是我走漏消息。」

羅獵愣了一下，馬上就明白風九青一定是故意這麼做的。

風九青道：「馬玉良這個人很貪婪，他聽說水下有寶藏，所以才會不惜興師動眾過來尋寶，已經在天馬灣折騰了一年了，我讓他找到了一些寶貝，如果他不嘗到甜頭，又怎麼可能花費那麼大的代價？」

羅獵道：「你想利用他？」

風九青道：「除了你看到的五艘炮艇，他還購置了一艘潛艇，咱們要利用的就是那艘潛艇。」

羅獵道：「你知道九鼎的具體位置嗎？」

風九青道：「水雲間，西海開，九鼎現，天人來……」

羅獵皺了皺眉頭道：「什麼時候？」

風九青道：「三天，三天之後我們再探西海！」

第五章

灰飛湮滅

羅獵的確沒有了選擇，風九青說得不錯，
從分水梭插入光洞的一刻九鼎就開始蓄能，能量在迅速向九鼎積聚，
如果不想辦法消除這巨大的能量，九鼎的不停蓄能最終會導致爆炸，
到了那一步，這個世界會灰飛湮滅。

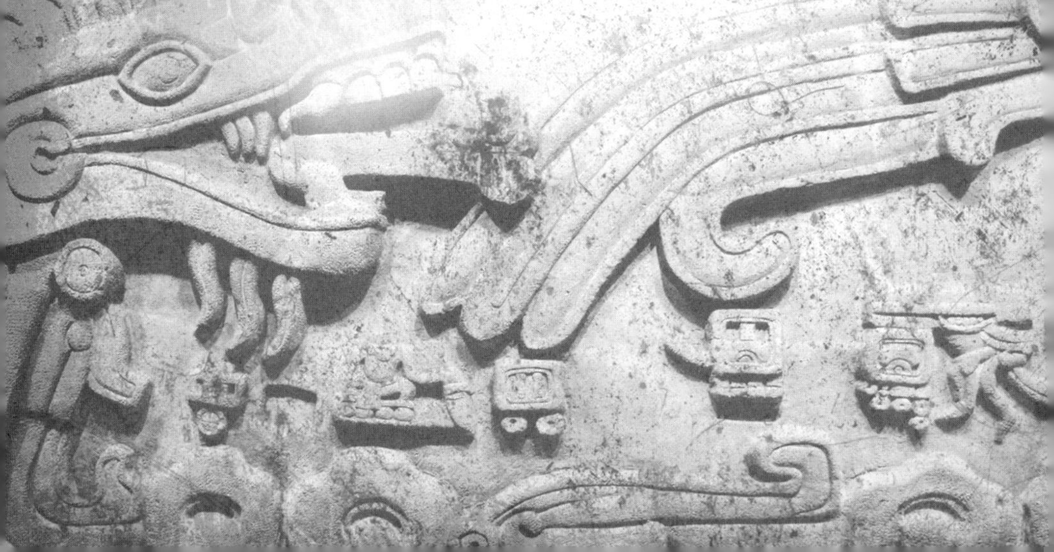

風九青對天象的掌握極其精確，三天之後烏雲密佈，烏雲如同灌了鉛一般低垂到水面上，遠遠望去就如同被一隻無形的大手向水中扯去。才過正午，天色就已經黯淡下來，就像是黑夜驟然降臨。

風九青和羅獵從天馬灣的北部下水，這裡距離軍營和港口稍遠，相對不容易被發現。

借著黑暗的掩護，他們很快就已經來到軍港附近，看到軍港已經亮起了燈，風九青指了指潛艇所在的位置，潛艇並不大，停靠在專用碼頭上，幾十名士兵正在忙著給潛艇補給。

羅獵心中暗忖，這風九青也很有辦法，居然能夠騙得馬玉良興師動眾，重金購買了那麼多的裝備。

兩人在水中停留了一會兒，等到潛艇碼頭的補給完成，碼頭上只剩下十多名士兵，風九青低聲道：「咱們將潛艇搶過來。」

羅獵已經猜到今天風九青一定是要利用這艘潛艇進入水底尋找九鼎了，風九青對九鼎的執著顯然將生死置之度外，她壓根沒有考慮過後路，羅獵不由得想起了家人，這念頭在心中稍閃即逝，他不可以再有任何的雜念，丁點的雜念都會影響到他的判斷，從現在起他要將所有的牽掛全都拋到一邊。

風九青已經先行向潛艇游去，她就像是一顆出膛的炮彈，瞬間已經來到潛艇前方，岸上的士兵還未來得及做出反應，一個個就如同被無形的手扼住咽喉，從碼頭上跌落到湖水之中。

羅獵隨後行動，緊跟著風九青的步伐來到了潛艇的上方，潛艇的入口還打開著，站在潛艇上負責警戒的兩名士兵沒有搞清狀況，就被羅獵擊暈在地，沿著潛艇嘰哩咕嚕地滾到了水中。

風九青躍入艙門，羅獵也從艙門進入潛艇，正準備關閉艙門的時候，一個白色的影子隨後衝了進來，羅獵一怔，原來是那頭雪獒，他都沒注意到雪獒什麼時候跟了過來，可既然都跟到了這裡，羅獵也就只能接受牠同來的現實。

羅獵進入潛艇艙內的時候，風九青已經控制了潛艇內的局面。

負責操縱潛艇的四人意識被風九青掌控，一個個呆立在那裡如同行屍走肉。

風九青看到羅獵帶著雪獒過來，不禁皺了皺眉頭道：「怎麼帶牠來了？」

羅獵笑道：「都沒注意牠什麼時候跟過來的。」

風九青道：「先將潛艇開走！」

四名士兵已經完全喪失了主動性，接到風九青的命令馬上開始操縱潛艇。

岸上的士兵是在潛艇沒有接到指令就離開碼頭的時候才發現了這一異常狀

況，他們還沒有搞清具體的狀況，潛艇就已經下潛。

羅獵道：「九鼎在什麼地方？」

風九青道：「水龍捲發生之處。」

碼頭上已經亂成了一團，在潛艇擅自下潛之後，他們很快就發現了死在碼頭上的士兵，這才意識到軍港遭到入侵，潛艇很可能是被人劫持了，於是馬上出動了四艘炮艇，炮艇剛剛駛出碼頭，遠方漆黑如墨的水平面終於現出一絲亮光，這亮光迅速增大，光芒將漆黑如墨的雲層和深黑色的水面分離開來，隨著水天的界限越來越明顯，天色也變得越來越亮，一道水流自下而上旋轉著追逐著天空中的雲層，水和雲很快就擰動在一起，在天水間形成了一條纖細銀亮扭曲的軌跡，就像一條扭動在天水間的銀蛇。隨著銀蛇的舞動，它的身形迅速擴展開來，這是水龍捲。

剛剛出港不久的四艘炮艇，在發現水龍捲之後不得不放棄追擊，匆匆返回了港口，人在自然面前許多時候都是蒼白無力的，這樣規模的水龍捲根本不是這樣級別的炮艇能夠對抗的，如果被水龍捲波及，必然是船毀人亡的下場。

潛艇在水下繼續向水龍捲發生的方向繼續挺進，羅獵道：「你能確定九鼎就在下面？」

風九青道：「不知道。」

羅獵道：「我記得上次你還帶著分水梭。」

風九青道：「分水梭在九年前已經沉入了水底，不過，我能夠感受到它的能量，而且它正在開始移動。」

羅獵愣了一下，他的感知力應該不弱，可是並沒有感到風九青所描述的這些，看來自己和她在感知力方面還存在著相當的差距。

就在此時突然潛艇的儀表開始發出滴滴滴的鳴響，羅獵心中一怔，風九青道：「分水梭朝這邊來了……」

她的話音未落，潛艇已經被水底的異物擊中，整個潛艇劇烈震動了一下，四名士兵從他們各自的位置上被甩了出去，一人不幸撞在潛艇堅硬的內壁上，當場死亡，其餘三人也是頭破血流。

羅獵及時做出了反應，他並沒有受傷，雪獒在潛艇內連續幾個翻滾。

只有風九青仍然身形不動，在潛艇的右側壁，已經被分水梭撞出一個大洞，分水梭的前部鑲嵌在潛艇的艙內，從分水梭周圍的縫隙中，水流噴射般向艙內灌注，用不了多長時間艙內就會被水灌滿。

羅獵道：「必須上浮！」

風九青雙手張開，兩道紫色的電光從她的掌心射了出去，電光跳躍在分水梭和潛艇的間隙之間，很快就將兩者融合在一起。羅獵吃驚地望著眼前的一幕，風九青的強大已經超乎他的想像。

風九青道：「你是唯一見過禹神碑真跡的人，從現在起，你要仔細回憶上面的細節，每個字，每個圖案。」

潛艇此時分明加快了速度，而它的動力明明在剛才和分水梭的撞擊中已經喪失，雪獒開始感到害怕，蜷伏到了羅獵的身邊，羅獵伸手拍了拍牠的頸部，苦笑道：「不讓你來，你偏要跟過來，現在後悔已經晚了。」

風九青道：「你後悔了？」

羅獵搖了搖頭：「我從不後悔。」

風九青笑了起來，她忽然一掌劈出，一名士兵在剛才的衝撞中恢復了意識，他趁著羅獵和風九青交談的時機掏槍準備射擊，卻被風九青及時發現，凌空虛劈的一掌捲起一道狂飆，將那名士兵的身軀劈得橫飛而起，重重撞在潛艇的內壁上，落地時已經一命嗚呼。

其餘兩名士兵已舉起武器射擊，風九青五指張開逆向旋轉，高速脫離槍口的子彈突然減緩了速度，中途已完全停滯不前，風九青手心向上一揚，兩顆子彈逆向反射回去，絲毫不弱於槍支發射的速度，彈頭分別射入兩名士兵的額頭。

風九青談笑間已經殺了三人，羅獵並沒有出手制止，因為他知道這三人絕對無法逃脫死亡的命運。

就連他自己的命運也隨著潛艇向西海深處不斷行進而走向一個深遠的未知。

潛艇的速度開始放慢，不一會兒整個艇身劇烈地震顫起來，震顫的幅度之大彷彿隨時都會散架。潛艇開始在水中直立起來，羅獵一手抓住扶手，一手抓住雪獒的右前肢，雪獒在瑟瑟發抖，喉頭發出陣陣哀鳴。

風九青沒有去抓任何的東西，她的身體漂浮在潛艇狹小的空間內，似乎重力已經對她起不到任何作用。

羅獵一直都在審視著周圍的環境，如何能夠絕地逃生，如果風九青的計畫失敗，他不可能陪同她埋葬在水底。

潛艇的震顫突然停了下來，只是停了數秒，然後潛艇就開始緩緩旋動，轉動的速度越來越快。羅獵知道他們應當已經進入了水龍捲波及的範圍，潛艇的艇身再次開始戰慄，剛才被風九青融合在一起的分水梭掙脫開潛艇的束縛，在潛艇的內壁上露出一個觸目驚心的大洞，可奇怪的是，並沒有水湧入艙內。

潛艇終於承受不住這強大的力量，艇身開始以洞口為中心解體。

羅獵感覺到周身的肌膚被一股強大的外力撕裂，他再也抓不住雪獒的身體，雪獒慘叫著飛了出去，羅獵看到潛艇在自己的眼前瓦解，他的身體隨著碎裂瓦解的艇身在一個巨大的藍洞中不停地旋轉。

不知過了多少時候，旋轉的速度才慢了下來，羅獵看到那根分水梭正在他的頭頂，緩緩下降，風九青站在分水梭之上，隨著分水梭向下降落。羅獵向風九青游動過去，他清楚地認識到自己不在水中，如同在太空中漫步，他們正處在一個相對真空的環境中。

在他們的周圍，可以看到飛速旋轉深藍色水流，他們應該已經處在水龍捲的核心。

風九青抓住了羅獵的手臂，兩人隨著那根分水梭一起緩緩下沉，下沉的過程彷彿經歷了一個漫長的世紀，羅獵抬起手腕，看到手腕上的手錶已經停止了行進。

他想說話，可是張開嘴卻聽不到自己的聲音。

風九青指向下方，羅獵低頭望去，看到下方成千上萬點藍色的螢光，像是水中的浮游生物，又像是千萬隻螢火蟲。分水梭穿過螢光群，那些螢光又如被風吹散的蒲公英，紛紛向一旁躲避。

柔和的綠色光芒來自於螢光層的下方，羅獵定睛望去，卻見他們的腳下，九尊巨大的青銅大鼎圍成一個圓圈，井然有序地排列在西海的底部。

在九尊大鼎的中心有一個洞口投射出綠色的光芒，光芒就是來自於這個洞口。分水梭直奔洞口而去，準確無誤地插入這綠色光洞之中，風九青和羅獵離開了分水梭。

分水梭嚴絲合縫地插入光洞，然後就看到以光洞為中心，九道綠色的光線迅速向周圍的九尊青銅大鼎蔓延，在九尊青銅大鼎全都蒙上一層光線的時候，羅獵和風九青同時感覺到身體一沉，他們的周圍恢復了重力。羅獵擔心周圍的湖水會狂湧而至，不過這種現象卻沒有發生，藍洞的上方迅速閉合，可是在他們的頭頂似乎有一張無形的屏障，將上方的水流遮住，形成了一個穹頂，穹頂之下沒有一丁點的水流。

羅獵聽到雪獒的咆哮聲，雪獒也幸運地逃過了劫難，牠看到羅獵歡快地向他奔了過來，雪獒親昵地蹭著羅獵的褲腿，羅獵笑著拍了拍雪獒的頭頂。

風九青並沒有被他們的久別重逢感動，冷冷道：「你仔細看清楚，下面可能要依靠你了。」

羅獵走向九鼎的中心，也就是光洞的位置，現在光洞已經被分水梭填平，嚴絲合縫，彷彿成為了一體，羅獵從雍州鼎開始逐一觀察著銅鼎上方的文字，禹神碑的內容自然而然地浮現在他的腦海中。

風九青默默跟在羅獵的身後，羅獵道：「到了現在你還不願將真實的狀況告訴我嗎？」

風九青道：「你先告訴我如何啟動九鼎。」

羅獵道：「你在撒謊，你尋找九鼎根本不是為了救人，而是為了打開一扇門，你要毀滅這個世界！」

風九青道：「這個世界如此醜陋，又有什麼值得留戀的地方？」

羅獵道：「九鼎一直都在這裡，禹神碑就是九鼎的鑰匙，只有掌握了禹神碑的內容才能啟動九鼎，打開一扇星空之門。」

風九青平靜望著羅獵道：「只有打開這扇門，才能改變這個世界。」

羅獵搖了搖頭道：「你癡心妄想。」

風九青道：「你沒有選擇的，就算你不幫我，我一樣可以觸發九鼎，我雖然無法打開星空之門，可是我可以毀掉九鼎，如果九鼎進入自毀的程式，那麼這個世界也就不復存在，你的妻子兒女，你的朋友，這個世界上所有的人都會隨著九鼎的毀滅而煙消雲散。」

羅獵冷冷望著風九青。

風九青道：「你想殺我，可是殺掉我也無法阻止這個悲劇的發生，從分水梭進入光洞的那刻起，九鼎就開始積蓄能量，這股能量如果不用來打開星空之門，那麼這龐大的能量就會毀掉九鼎，從而毀掉這個世界，羅獵，悲劇恰恰是你造成的。」

羅獵緩緩閉上了雙目，他知道風九青所說的並不是謊言，他俯下身去，試圖將分水梭從裡面抽離出來，然而他很快就意識到自己的舉動只是徒勞。

風九青道：「打開星空之門，至少你還有時間去和家人相見，如果你選擇不聞不問，那麼今天就是世界的末日。」

九鼎變得越發明亮。

烏雲會聚，紫色的閃電躍動在雲層之間，狂風大作，這個世界正經受著前所未有的考驗，春天的黃浦本來是萬物復甦的季節，可是突然下起了雪，在葉青虹的記憶中，黃浦從未有過這麼大的雪。

小彩虹帶著小平安在院子裡開心奔跑著，姐弟兩人來到母親的身邊，小彩虹仰首道：「媽媽，爸爸什麼時候回來？我們好想跟他一起打雪仗堆雪人。」

葉青虹鼻子一酸險些落下淚來，強顏歡笑道：「媽媽陪你們玩，好不好？」

姐弟倆人連連點頭，此時葉青虹卻看到這雪突然變成了粉色，她從未見過如此詭異的現象，外面的氣溫也變得越來越冷，她慌忙道：「小彩虹，快！帶弟弟回去。」

這註定是不平凡的一天，南方下雪，北方卻突然進入了盛夏，灼熱的陽光炙烤著大地，蒼白山的積雪迅速融化，隨之而來的是不斷爆發的山洪。

自然災害不僅僅發生在神州大地，世界各地都出現了不同的極端天氣。

羅獵的確沒有了選擇，風九青說得不錯，從分水梭插入光洞的一刻九鼎就開始蓄能，能量在迅速向九鼎積聚，如果不想辦法消除這巨大的能量，那麼九鼎的不停蓄能最終會導致爆炸，到了那一步，這個世界會灰飛湮滅，所有人都難以倖免，風九青絕不是危言聳聽。

在風九青看來，羅獵只有兩個選擇，一是任由這個世界毀滅，二是利用禹神碑上所知的一切啟動星空之門。

羅獵已經在著手做第二件事，風九青一旁靜靜望著羅獵，她輕聲道：「其實他們才是這個地球真正的主人。」

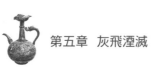

羅獵道：「你既然得到了我母親的意識，那麼你能否告訴我，他們當初來到這個時代的真相？」

風九青歎了口氣，沉思了一會兒方才道：「他們前來的初衷的確是為了毀掉九鼎，可是他們很快就意識到以他們的能力無法做到，如果他們真正瞭解了九鼎的秘密，他們未必會捨得將九鼎毀去，任何毀掉九鼎的行為都將導致這個世界的徹底毀滅。」

羅獵道：「你知不知道打開星空之門的後果？」

風九青道：「迎接這世界真正的主人。」

「對你又有什麼好處？」

風九青被羅獵的這句話給問住了，她陷入了長久的沉默。

羅獵又道：「為了找到九鼎打開星空之門，你失去了丈夫，失去了父親，失去了女兒，甚至不惜背棄你的家族和國家，難道最終的目的就是為了毀掉這個世界？」

風九青厲聲道：「你住口！」

羅獵道：「其實你早就迷失了自己，你甚至根本不知道自己是誰？你吞噬他人異能的同時，也在被他人改變。一個失去感情的人又怎能稱為真正的人類？」

風九青爆發出一聲尖叫，她的腦海中突然浮現出蘭喜妹蒼白的面孔，風九青用力搖頭試圖驅散這突然進入腦海中的意識，可過去的一幕一幕卻潮水般湧入了她的腦域，她不但看到了女兒，還看到了自己的丈夫，自己的父親，看到了過去每一個讓她感動心痛的點滴。

羅獵道：「如果你是藤野晴子你不會這樣做，如果你是我的母親，你更不會這樣做！」

風九青捂住自己的雙耳，試圖不去聽羅獵的話，可他所說的每一個字還是說到了她的心裡，風九青狂叫道：「你以為，你以為沈佳琪又是什麼好人？是她改變了我？是她背叛了你的父親和隊友，她才是真正的叛徒，她要改變這個世界，她要毀滅這裡的一切。只是她沒有想到，會出現你這個意外！」

羅獵怒道：「你住口，不許你詆毀我的母親！」母親是他這一生最尊敬的人，他決不允許任何人詆毀。

風九青呵呵笑了起來，她望著羅獵臉上瘋狂的表情卻瞬間又恢復了冷靜，她的目光充滿了慈愛和憐憫：「小獵……媽媽對不起你……」

如果羅獵不是對風九青早有瞭解，他一定會認為風九青已精神錯亂。

風九青突然又止住了笑聲，厲聲喝道：「住口你這個賤人，你沒權利說話！」可馬上她又歎了口氣道：「晴子，你怎麼會變成這個樣子？」

「我有今天還不是被你所害？我要殺了你的兒子，我要毀掉這個世界，這就是你當初害我的代價……」風九青自言自語，可她的語氣卻變來變去，如同兩個人在對話一般。

羅獵知道風九青的腦域中產生了錯亂的情緒，幾種不同的意識在這種時候發生了衝突。而九尊巨鼎光芒變得越來越強盛，禹神碑的文字不停浮現在羅獵的腦海中，曾經困擾他的文字也開始變得鮮活起來，風九青沒有撒謊，羅獵剩下的選擇不多，如果他不利用九鼎積蓄的能量打開星空之門，隨著九鼎能量的不斷聚集卻得不到釋放，這能量最終會毀掉這個世界。

西海之上九道綠色的光柱透過水面直沖天際，以九道光柱為中心，湖水掀起滔天巨浪，向四面八方澎湃而去，軍港碼頭之上負責瞭望的士兵看到那高達數十米的巨浪，嚇得想要從瞭望塔上逃走。可巨浪襲來的速度遠超他的想像，炮艇宛如秋風中的落葉般被從港口掀起，軍港碼頭被洶湧澎湃的潮水淹沒，一艘炮艇擊中了瞭望塔，塔上來不及逃走的士兵如同斷了線的風箏一般飛向天際。

巨浪拍岸沒有停歇，繼續向建築在古城遺址上的軍營湧去。

雪山之巔，佛寺金頂之下，數十名紅衣喇嘛眺望著西海巨浪滔天的景象，他們一個個目瞪口呆甚至忘記了誦經。

鐘樓上忽然響起急促的鐘聲，一位瘦小的喇嘛用盡全力撞擊著那口大鐘，似乎想要通過鐘聲的示警引來佛祖的關注……

風九青尖叫道：「騙子！你是個騙子！」她抽出一把匕首緩緩走向羅獵，羅獵正在轉動光洞周圍的金屬圓環，將一個個古怪的字元排列起來，全神貫注，渾然忘記了風九青的存在。

雪獒阻擋在風九青的面前，牠張開巨吻，露出白森森的牙齒，牠在威脅風九青，如果膽敢走近自己的主人，牠會毫不猶豫地咬斷她的脖子。

風九青揮動左手，一股無形的力量擊中了雪獒，雪獒被打出十多丈的距離，發出一聲痛苦的嗚嗚，不過牠又倔強地爬了起來，爆發出一聲低沉的大吼，向風九青衝了上去。

風九青已經來到羅獵的身後揚起匕首，試圖狠狠插入羅獵的後背，可她的動作在中途卻走了形，匕首的鋒芒瞄準了自己，噗！狠狠插入了自己的左肩，風九青用力咬住了下唇，厲聲叫道：「賤人！你敢阻止我！」

她拔出匕首，鮮血從匕首上一點點滴落。她能夠感受到疼痛，顫聲道：「小獵，打開星空之門，打開……」

羅獵道：「你知道誰要來對嗎？」他轉過身望著風九青，風九青的目光又變得慈愛：「我們才是這裡的主人，打開這扇門，我們就能找回昔日的榮耀……」

羅獵道：「你穿越回來的目的就是為了要打開這扇星空之門，你欺騙了自己的隊友，欺騙了所有人，只是你沒想到我的出生對不對？」他忽然明白了，母親之所以離開，不僅是因為懷有身孕的緣故，她被稱為反叛者的真正緣由是這個。

風九青再度揚起了匕首，她的臉上充滿了陰冷的殺機：「她欺騙了你，她背叛了友情，背叛了所有人，這些年來我一直活在她的控制中，你知不知道眼睜睜看著自己的親人死去是多麼痛苦的事情？我要讓你知道失去至親的痛苦！」風九青再度舉起匕首準備刺向羅獵。

可是這次她仍無法完成刺殺，她的手停滯在中途，歎了口氣道：「卑微的人類，你根本不知道自己的價值，我們才是你們的主宰，才是你們心中的神。」

羅獵搖了搖頭道：「你不是我的母親，我的母親是善良的仁愛的，她寧願犧牲自己的生命也要保全我和父親，你不是她，也永遠不會成為她！」

風九青柔聲道：「孩子，打開那扇門，你就會明白我的苦心，你不屬於這裡，你不屬於這個世界，只要打開星空之門，你就會擁有前所未有的力量，你就會得到想要的一切。」

羅獵笑道：「你根本不知道我想要的是什麼！」他的手掌向分水梭的尾部摁落，分水梭緩緩下沉，隨著它的下沉，周圍一道道的金屬環逐漸向下陷落，九鼎卻開始緩緩上升。

風九青爆發出一聲撕心裂肺的慘叫：「不要！你知不知道你做了什麼？」然後卻又呵呵笑道：「星空之門，孩子，你果然沒有讓我失望！」

九鼎開始朝著順時針的方向旋轉，風九青從轉動的方向中好像意識到了什麼，她驚聲道：「你……你做了什麼？」

羅獵平靜道：「禹神碑記載的內容比你瞭解到的要多，啟動九鼎逆向轉動可以打開星空之門，但如果順時針轉動，打開的卻是一條通往未來的未知之路。」

風九青的臉色瞬間變得蒼白：「停下它，你會毀掉自己！」

羅獵道：「它會抹掉一切未來留下的痕跡，包括你！」

風九青想要撲向羅獵，可是腳下的圓環卻瘋狂轉動起來，她和羅獵的身體都在綠光之中冉冉上升，他們看到彼此的身體在這充滿綠光的空間內瘋狂轉動。

風九青爆發出陣陣狂笑：「你敗了……你徹徹底底地敗了……」她忽然揚起匕首狠狠抹過自己的頸部。

羅獵緊緊閉上了雙目，熱淚在他的臉上縱橫奔流。

粉雪變成了黑雪，不知何處吹來了一陣清風，黑雪如同灰燼般瀰散在空中，僅僅是瞬間的功夫，雲消雪散，明月高懸，彷彿一切根本沒有發生過。

葉青虹望著空中，她張開雙手想要抓住什麼，可是終究什麼都沒抓住，葉青虹咬了咬櫻唇，低下頭去，兩顆晶瑩的淚水滴落在自己的掌心中，就像是夜空中閃爍的星星，她喃喃道：「你答應過我，一定會回來，你答應過我……」

羅獵感到有生物在舔弄著自己的面孔，他迷迷糊糊地睜開了雙眼，可馬上又被強烈的陽光刺激得閉上了雙目，耳邊響起雪獒的叫聲，羅獵感覺到周身如同撕裂般疼痛，疼痛卻讓他的內心感到喜悅，因為疼痛的真實感讓羅獵知道自己仍然活著，他仍然活在這個世界上。

可馬上另外一個恐懼又籠罩了他的內心，他不知道自己啟動九鼎之後是否毀掉了這個世界，再度睜開雙眼，眼前白茫茫一片，好不容易他才適應了這強烈的光線，看到一個白得耀眼的生物正在自己的身邊繞行著，吠叫著，是雪獒在不離不棄地守護著自己。

羅獵鬆了口氣，他慢慢爬了起來，身下是鬆軟的草地，遠處是延綿起伏的草丘，還有大片金黃色的油菜花。耳邊聽到波濤拍岸的聲音，羅獵伸出手去，扶住雪獒的背，依靠雪獒的支持，這才艱難地站起身來，他看到背後陽光照耀下蔚藍的西海，如同一塊藍色的寶石鑲嵌於高原之上。

羅獵鼻子一酸，這是因世界存在的感動，因生命存在的感動。低頭望去，自己的身體竟然是完全赤裸的，還好周圍並沒有人在，否則情何以堪？羅獵向周圍看了看，發現不遠處有一個亮閃閃的東西，來到近前一看，卻是那如同魔方般四四方方的紫府玉匣。

羅獵將紫府玉匣拿起，來到湖邊，借著湖水的倒映，看到一個蓬頭垢面的大鬍子，不用問這水中的倒影就是自己。

羅獵向周圍看了看，確信周圍沒有任何人在，這才來到水中洗了個澡，湖水寒冷，而且因為是鹹水湖的緣故，羅獵周身的傷痕遇到鹹水如同刀割般的疼痛，可疼痛和的劫後餘生的喜悅相比根本算不上什麼。

雪獒也跟著羅獵跳到了水中，濺起的水，潑灑在羅獵的身上，羅獵笑著用水去潑牠，雪獒也故意來到羅獵近前抖了抖身體，湖水雨點般飛濺了羅獵一身。

羅獵聽到自己的笑聲沙啞乾澀，他被自己的笑聲嚇了一跳。洗去身上的污痕和血跡，他面臨的第一件事就是要去找一身衣服，總不能光著身子去見人。

羅獵在遠處的山坡上看到了一間小屋，小屋外面晾曬著一些衣服，小屋裡沒有人在，羅獵趁機進去偷了一身衣服，在他忙著穿衣服的時候，突然聽到一聲低吼，卻是一隻鐵包金的藏獒向他撲了過來，雪獒及時攔住藏獒的去路，怒吼一聲，嚇得那隻藏獒掉頭就走。

羅獵穿好了衣服，又在水缸裡舀了水，他不敢多喝，小心喝了幾口。水雖然甘甜，可進入喉頭也如同刀割一般難受。

羅獵擔心這裡的主人隨時都會回來，他在補充了一些水分之後趕緊離開，他的身體還很虛弱，這種時候不想和任何人為敵，更何況這次入室行竊實屬無奈。

羅獵遠離小屋之後，這段距離已經累得他筋疲力盡，還好雪獒在他的身邊陪伴，羅獵在油菜花地中坐下，拍了拍雪獒的背脊道：「不知現在是什麼時候了。」他能夠初步判斷自己仍然在西海附近，可是他並不知道如今的具體時間，他的衣服手錶，他所有的一切都已經不知去向，只剩下手中這顆如同廢鐵一樣的紫府玉匣。

雪獒向前方跑了一段距離，立在山丘之上，牠突然向羅獵吠叫起來，似乎想招呼羅獵過去。

羅獵現在是一點都不想動，可聽到雪獒叫得如此之急，也只好拖著疲倦的身體向山丘上走去，足足十分鐘才爬到山丘的頂部，向下望去，卻見山的另外一側有一條宛如青色長龍的道路，道路上一輛輛色彩繽紛形態各異的汽車正來回穿梭著，羅獵用力眨了眨眼睛，在他的印象中，西海附近根本就沒有如此寬闊的道路，更不用說那麼多汽車。

羅獵感到有陰影遮住了自己，抬起頭，看到一架巨大的飛機低空飛過。雪獒因所見的新奇景象不停吠叫著，而羅獵的內心卻如同墜入了冰窟，這樣的飛機他只有在智慧種子關於未來的記憶中才見到過。難道他在啟動九鼎，打開時空之門的時候已經穿越了時空，來到了另外一個時空，甚至另外一個世界？如果真是這樣，他和自己的妻子，自己的兒女豈不是永無相見之日？

羅獵從地上撿起了一根木棍，作為手杖向山丘下走去。

花費了很長一段時間，他終於抵達了公路，羅獵向經過的車輛揮手，希望能夠有輛車願意停下，可每輛車都是高速駛過。

站在他身邊的雪獒再也看不下去這些過往車輛對主人的漠視，突然從羅獵身邊衝了出去，白色的豐田越野因為突然衝出來的雪獒，司機慌忙煞車，雪獒動作極其迅速，一轉身又跑回了羅獵的身邊。

越野車因慣性在馬路上拖出兩條黑色的輪胎印記，雖然如此，後面的一輛草綠色的mini鄉下人也因慣性煞車不及而追尾，豐田越野因為後面裝了拖車鉤並無什麼大礙，可後面的那輛mini就沒那麼幸運，保險杠撞出一個大洞，前引擎蓋也掀了起來。

豐田車內是一對情侶，男的是個彪形大漢，推開車門，倒沒有去找羅獵的麻煩，先去看了看他的車尾。那輛mini車內的司機也下來了，卻是穿著一身戶外服帶著墨鏡的妙齡女郎。

那彪形大漢指著她就吼道：「追尾，全責，賠錢！」

那女郎也不是好脾氣：「你有毛病啊，哪有你那麼開車的？突然就剎車，如果我開的是大貨車，非撞死你不可。」

「你怎麼說話的啊？」彪形大漢挽起袖子，露出粗壯的臂膀，一副兇神惡煞的樣子。

羅獵看到雙方衝突起來，心中實在是有些過意不去，剛才分明是雪獒惹的禍，他走了過去，歉然道：「不好意思，這事兒怪我。」

一句話把雙方注意力都吸引過來，那大漢的女友抱著一隻小泰迪走了下來，陰陽怪氣道：「可不是嘛，如果不是那條死狗突然竄到馬路上，也不會出事。」

羅獵皺了皺眉頭，雖然這件事怪雪獒不假，可也不能用死狗來稱呼。

大漢道：「我才不管，追尾就給錢。」他看到羅獵的樣子就猜到羅獵很可能是個窮光蛋，懶得跟他廢話。他女友道：「不賠錢就報警。」她掏出一塊長方形的玻璃。

羅獵認得那女子手中的是智慧手機，心中越發感到不安了，根據目前的所見，他很可能來到了未來。

女司機歎了口氣道：「得，我認倒楣，多少錢？」

對方一張口要了兩千，經過一番討價還價，雙方以五百塊成交。其實那輛豐田越野根本沒多大損失，拿到錢後司機開車走了。女司機將mini車靠到路邊，她的車在衝撞中損傷不小，開起來突突突如同拖拉機一般，聲音都不太對。

女司機掏出電話打了個救援電話，可聽說對方要五個小時後才能抵達，氣得抬腳就在車上踢了一下。她試圖將引擎蓋壓下去，可試了幾次都沒成功。一雙眼睛透過墨鏡充滿怨憤地狠狠瞪了羅獵幾眼，在她看來如果這流浪漢一樣的男子看好他的狗，自己就不會遇到這個麻煩。

拉開車門回到車內，她試圖再次啟動引擎，這次卻無論如何都發不動，女司機鬱悶地繞到汽車前面，裝模作樣地檢查車況，可惜她根本不懂得修車。

身後傳來一個嘶啞的聲音道：「不如我幫你看看。」

女司機充滿警惕地看了看羅獵：「你想幹什麼？」

羅獵道：「幫忙啊。」

「閃一邊去，你不害我就謝天謝地了。」女司機憤憤然道：「不是因為你，我也不會把自己擱在這裡。」她再次拿起了電話。

羅獵看了看雪獒，雪獒委屈地咿唔了一聲，一人一狗離開公路，在附近的草丘坐下，羅獵看到西方的天空中已經出現了晚霞，可能很快就會天黑，那女郎仍然站在路邊不停打著電話，掛上電話看到她急得在路邊跺腳。

公路上車速都很快，羅獵估算經過的汽車基本時速都要在八十公里以上，看來無論是道路設施還是汽車的發展都已經取得了長足的進步，他從腦海中搜索著關於那輛mini的資料，羅獵很快就意識到自己可能來到了二十一世紀，也就是說距離他啟動九鼎已經過去了一百多年。他甚至不敢繼續想下去了，羅獵決定做些什麼，他再次來到那輛車旁，看到那女司機黯然坐在馬路邊，還在等待著救援。

羅獵道：「這位小姐，我可不可以幫你？」

女郎將墨鏡從鼻樑上拉下來一些，一雙藍色的眼睛望著羅獵，羅獵也沒想到一個黑頭髮黃皮膚的女子居然長著一雙藍眼睛，不過仔細看她的眼睛上應該是戴著染色的隱形鏡片，羅獵知道這可能是未來風行一時的美瞳。

女郎道：「工具在後備箱裡，你真懂得修車？」

羅獵笑了笑，他找到了工具箱，埋頭開始修車，雪獒就在他旁邊蹲著。

女郎道：「你這條狗不錯。」

羅獵糾正道：「雪獒！」

女郎道：「我認識，很名貴吧，值不少錢，看起來你不像有錢人啊！」

羅獵回到車內，沒有找到鑰匙，不過他很快找到了一鍵打火的地方，成功將汽車啟動，羅獵趁機觀察了一下車內，這輛車應當是自動擋的，在過去可沒有這樣的汽車。

女郎本來並沒抱有太大希望，想不到羅獵居然真的幫她將車啟動了，驚喜地站起身來，她可不敢在夜晚仍然在這裡停留，剛才已經產生了將車留在這裡，自己搭車離開的想法。

羅獵又修正了一下引擎蓋的鉸鏈，將引擎蓋歸位，雖然外觀上仍然有破損，可至少這輛車現在可以正常開了。

女郎上了車，啟動引擎之後，開出了一段距離。

從後視鏡上看到羅獵和雪獒仍然站在路邊。

羅獵望著遠去的mini車心中暗歎，看來隨著時代的發展，人情變得越來越涼薄，人心也變得越來越冷漠。

不過那輛mini又調頭開了回來，那女郎落下車窗道：「你剛才是想攔車的吧？」

羅獵點了點頭。

女郎道：「你想去哪兒啊？」

羅獵道：「黃浦！」

女郎聞言瞪圓了雙眼：「黃浦，這麼遠，我可送不了你，要不我把你帶到前面的鎮上，你再想辦法？」

羅獵趕緊點了點頭，好不容易能搭上順風車可不容易，他拉開後門，雪獒先跳了進去，雪獒體型不小，獨自把後座給占滿了。羅獵正想把牠往裡面擠一擠的時候，女郎道：「前面來吧，省得在後面擠得難受。」

羅獵這才來到了前面坐下。

女郎驅車向前方走去，羅獵看了看儀表盤上的導航，試探著問道：「這是導航？」

女郎點了點頭：「跟沒問一樣。」

羅獵看了看上面的日期和時間，雖然他早有心理準備，仍然被深深震撼到了，深深吸了口氣，平復了一下自己的心情道：「二〇三七年了……」

女郎道：「你才知道啊？」

羅獵道：「日本人一百年前侵略了我們。」

女郎因他的話笑了起來：「沒錯啊，可是我們打敗了他們，現在中國再不是那個受盡列強凌辱的中國了，我們強大了，就連日本也遠遠被我們摔在身後。」

羅獵道：「時間過得真快啊！」

女郎道：「你叫什麼？」

羅獵已經失去了回答問題的心境，他靠在座椅上，沉默不語。

女郎忍不住又問了一遍：「你叫什麼？」

「羅獵！」

女郎道：「我叫麻燕兒！」

羅獵道：「這個姓很少見啊！」

麻燕兒道：「是不太多見，我來西海是參加學術會議的。」

羅獵道：「失敬失敬，你還是一位學者啊。」

麻燕兒道：「其實我不喜歡考古學，可是我們家祖祖輩輩都是學這個專業的，由不得我自己選。」

羅獵不由得聯想到了麻雀，難道這位邂逅的女學者是麻雀的後人？他旁敲側擊道：「我倒是聽說過一位考古學的前輩，曾經擔任過燕京大學考古系的教授麻博軒。」

麻燕兒驚喜道：「哎呦，你居然聽說過麻博軒，那可是我先祖，現在知道他的人很少了。」

羅獵道：「根據我看過的資料，麻博軒先生好像沒有兒子吧？」

麻燕兒禁不住向羅獵多看了一眼，知道他們家這段歷史的人並不多，看來這個叫羅獵的人對他們家還是非常瞭解的。

麻燕兒道：「我祖奶奶是咱們國家考古學的權威，你應該知道她的名字。」

羅獵道：「麻雀？」

麻燕兒道：「就是她啊。」

羅獵心中暗忖，如果麻雀活到現在，應該一百三十多歲了，這根本不可能，難道現代的醫療保健已經達到了這個地步？他故意道：「你真是她的後人？」

麻燕兒道：「如假包換啊，我爺爺是我祖奶奶的養子，所以就姓了麻，你現在明白了吧？」

羅獵道：「老太太去世多少年了？」

麻燕兒道：「你說誰啊？」

羅獵道：「你祖奶奶……」

麻燕兒怒道：「你祖奶奶才去世了呢！」

這次羅獵真的愣住了，難道麻雀仍然活在這個世界上，他的內心頓時變得激動了起來：「你是說她……她仍然……健在？」

麻燕兒道：「我祖奶奶長壽著呢，到現在身體還很好，見過她的人都說她也就是七十多歲。」

羅獵道：「她在哪裡？可不可以讓我見見她？」

麻燕兒道：「她就在西海，每年夏天都會來這裡避暑。不過你是不會見到她的，她不見外人。」

談話間已經來到了天馬鎮，羅獵認得這裡，這裡就是過去的天馬灣，沒想到現在已經變成了一個現代化的小鎮，正值旅遊旺季，小鎮上到處都是遊人，麻燕兒在這裡訂了房間，羅獵下了車。

麻燕兒道：「我今晚就住在這兒，你想去黃浦這鎮上交通非常方便，你可以乘車去省城，然後坐高鐵去黃浦，當然想更快的話就坐飛機。」

羅獵點了點頭道：「謝謝！」

麻燕兒擺了擺手道：「不用客氣。」

遠處走來了幾個年輕人，其中一個女孩叫道：「燕兒，你怎麼才到啊？」

麻燕兒笑著迎了過去：「別提了！」

羅獵帶著雪熒走向燈火通明的大街，一人從他身邊擦肩而過，卻被羅獵一把抓住了手腕，那人想趁機將羅獵兜裡的東西偷走，羅獵的身上只有一塊魔方般的紫府玉匣，對方也真是看走了眼。

羅獵曾經擔任過盜門門主，跟隨福伯學到了不少本事，就算沒有學到那些盜門技巧，他的眼力也非一般人能夠相比，稍一用力，就捏得那人痛得蹲了下去。

那人慘叫道：「你幹什麼？」

羅獵道：「應該我問你想幹什麼才對。」

此時周圍又有幾人圍攏過來，羅獵看出對方是一個團夥，可沒等幾人靠近，雪熒已經擋在羅獵的前方，張開嘴巴，冷森森的利齒閃爍著寒光，那幾人嚇得站在原地不敢妄動。

羅獵道：「手都抄到我兜裡來了，還想狡辯？」

那小偷道：「哥們，我可是盜門中人，今天你放我一馬，就等於少了一場麻煩。」

羅獵道：「巧了，我也是。」

小偷又換了一副笑臉道：「大哥，大水淹了龍王廟，一家人不識一家人，同門啊，更好說啊。」

羅獵向他勾了勾手指，小偷不明白他的意思，羅獵道：「多少得有點誠意吧。」

那小偷這才明白羅獵想要什麼，敢情今天遇到了一個黑吃黑的主兒，羅獵手勁太大，就快把他的手腕給捏斷了，小偷趕緊掏出錢包，從中將所有的現金都拿了出來。

羅獵接過現金，示意小偷那幫人趕緊滾蛋。

有了錢至少可以先填飽肚子，羅獵找了家麵館，要了一大碗牛肉拉麵，他從小偷那裡總共得到了兩百三十塊，一碗麵就花掉了五十，旅遊旺季景區物價實在驚人，羅獵本想帶著雪獒一起進去，可是飯店不讓寵物入內，等他吃完麵，發現雪獒這會兒不見了蹤影，估計是自己到周圍尋找獵物填飽肚子去了。

羅獵填飽了肚子，感覺舒服了一些，他買了一份當地的報紙，隨便流覽了一下，主要是確定具體的時間，現在的他已經接受了現實，在啟動九鼎，打開時空之門以後，他被送到了一百多年以後的二〇三七年，他記得在兩年之後，父母會參加一次穿越時空的任務，他們因此而回到了清末。換句話來說，他並不是沒有機會返回過去。

他向葉青虹做出過承諾，他一定要回去，在已經發生過的時間脈絡中，也許他已永遠失蹤，他無法想像自己的失蹤帶給葉青虹和他的兒女怎樣的痛苦打擊。

羅獵結帳後走出門外，他四處尋找著雪獒的身影，此時卻看到前方有六個人拿著鐵棍向他走了過來，其中一人正是剛才想要對他行竊的青年，那小偷指著羅獵道：「就是他，別讓他跑了。」

羅獵可沒有逃走的意思，他從地上操起一根木棍，畢竟剛剛來到這個時代，他對自己的實力還缺乏充分的瞭解，手中有一件武器終究好一些。

六人操起棍棒向羅獵衝了上去，羅獵看到對方揮動鐵棍的動作，頓時知道自己根本沒有動用武器的必要，對方全力施為的動作在羅獵的眼中無比緩慢，羅獵手中木棍上下翻飛，轉瞬之間就將六人盡數擊倒在地，如果他不是手下留情，這六人的腿骨都會被他打斷。

羅獵將木棍扔在地上，舉步從幾人身邊離開，此時看到麻燕兒氣喘吁吁地跑了過來，向羅獵道：「喂，羅獵，剛才……剛才我看到……有人用網抓住了你的雪獒……拉到車上去了……」

羅獵心中劇震，雪獒對他而言不僅是忠實的夥伴，更是陪同他從過去回到現在的唯一生命，羅獵絕不可以讓牠出事。羅獵焦急道：「牠在什麼地方？」

麻燕兒指著遠去的一輛皮卡：「就是那輛車！我去開車……」她的話還沒有說完，羅獵已經大步流星地飛奔出去。

一名騎著摩托車的人正準備將車熄火，突然被一人拎著領子扔到了一邊，那人被摔得七葷八素，當他意識到發生了什麼，羅獵已經騎著他的摩托車向前方的皮卡追去。

第六章

君來我已老

麻雀看清照片上的男子後，手不由得顫抖起來，
羅獵留著長髮，滿臉絡腮鬍子，麻雀一眼就認出來了，
這個世界上容貌相像的人有很多，
但是羅獵那特立獨行的氣質是他人沒有的。

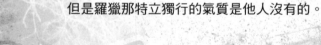

最近因為藏獒的行情看漲，血統純正的藏獒一個個變得身價不菲，而羅獵的這條雪獒更是難得一見的稀有品種，自然被居心不良者覬覦，剛才羅獵進去吃麵，雪獒就在門外等著，可有人偷偷利用麻醉槍擊中了牠，利用繩網將牠網住扔到皮卡車上掠走。

剛巧這一幕被路過的麻燕兒看到，麻燕兒本想將那群人攔截下來，可惜來不及了，她遇到羅獵馬上將這件事告訴了他。

皮卡車開的速度並不快，三名偷狗賊還因為今天的收穫而喜出望外，他們從羅獵一進小鎮就盯上了這條雪獒，按照目前的市場價，這條雪獒可以賣到百萬以上，對他們來說真是撿到寶了。

司機從觀後鏡中看到了那輛風馳電掣追逐而來的摩托車，不由得愣了一下，他向同伴道：「好像有人追上來了。」

一名同伴向後看了看，冷笑道：「把他擠出去。」

司機點了點頭，故意閃開一段距離，等到羅獵駕駛摩托車追趕到旁邊的時候猛一打方向，試圖將羅獵連人帶車撞飛。羅獵早已料到對方會有這樣的舉動，在對方付諸行動之前已經提前減速剎車。對方撞了一個空，皮卡車在公路上一個大甩尾，羅獵在前方出現空隙的時候，加速衝了過去。

他飛身從摩托車上一躍而起，抓住皮卡車的貨箱翻入其中。

失去控制的摩托車歪歪斜斜駛入並歪倒在道路旁的壕溝之中，羅獵看到車廂內的雪獒一動不動，伸手摸了摸牠體溫仍在，知道牠是被暫時麻醉，這才稍稍放下心來。

司機猛然加速試圖將羅獵甩下車去，羅獵抓住車廂，如同長在皮卡車上一樣。

駕駛室內一人惡狠狠罵了一句，打開天窗，舉起麻醉槍瞄準羅獵，羅獵的出手速度實在太快，一把抓住了麻醉槍的槍口，躲過麻醉槍，用槍柄重擊在那人的面門之上，那人慘叫一聲，鼻血長流，跌回了駕駛室。

羅獵爬到車頂，從尚未閉合的天窗上瞄準了開車人，一槍射了過去。

開車人中槍之後嚇得趕緊踩下剎車，車輛停止行動沒多久，他就陷入了麻醉狀態。駕駛室內僅剩下一人尚且清醒，羅獵拉開車門，槍口瞄準了他，那人嚇得雙手高高舉過頭頂：「跟我沒關係，跟我沒關係，全都是他們的主意……」

羅獵怒喝道：「滾下來，趴在地上！」

那名偷狗賊哪敢反抗，老老實實從車上下來趴倒在了地上。

羅獵照著他的肚子就是一腳，痛得那廝哭爹叫娘，最早想要用麻醉槍射擊羅獵的偷狗賊，捂著流血的鼻子顫聲道：「大哥……我……我等有眼不識泰山，我們認栽，狗，您帶走，求您放過我們一馬。」

羅獵道：「以為這就算了？」

偷狗賊趕緊將一旁的旅行袋送了過去：「大哥……這……這兒有二十萬，您拿去先用著，就當我們賠給您的。」

羅獵本來也沒有殺人的意思，心中暗忖這群偷狗賊的錢全都是不義之財，自己不拿白不拿，他將旅行袋接了過來，拉開一看，裡面果然裝滿了錢。羅獵抬腳將這廝踢得暈倒了過去，然後將雪獒從車上抱了下來。

三名偷狗賊喪失了反抗能力，誰也不敢輕舉妄動，羅獵將麻醉槍遠遠扔了出去，指著他們三人道：「不要再讓我看到你們！」

遠處有三輛車駛了過來，卻是麻燕兒帶領同伴追了過來。三名偷狗賊趁著羅獵張望的時候，匆匆逃到了皮卡車上，迅速開車逃離。其實羅獵是故意裝出疏忽的樣子，他總不能將這三名偷狗賊給殺了。

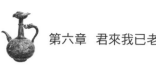

三輛車在羅獵身前停下，車上下來了十幾個人，其中一人指著羅獵道：「就是他，他搶走了我的摩托車。」

羅獵歉然道：「不好意思，剛才形勢緊急所以我才那麼做，車就在那邊，如果有什麼損失，我負責賠償。」

車主找到路邊的摩托車，看到車摔得面目全非，心中自然不滿，不過還好有麻燕兒在場，麻燕兒和他是朋友，把當時的情況說明，再加上羅獵態度誠懇，主動表示要賠償他的損失，這件事很快達成了協定，羅獵賠償五千塊，車主自行負責維修。

麻燕兒本來以為羅獵根本拿不出這筆錢，可羅獵居然很快就取出了五千塊遞給了車主，麻燕兒看到羅獵手中的軍綠色旅行袋，她最初見到此人的時候他可是一窮二白，也根本沒有旅行袋，不由得生出警惕。

雪獒雖然中了麻醉劑，可是牠本身體格雄壯，沒多久就甦醒了過來，甦醒之後，雪獒馬上憤怒地咆哮起來，頸部的雪白長毛也支楞了起來，顯然是怒到了極點，雪獒的咆哮聲把眾人嚇得全都向後退去。

羅獵制止了牠繼續咆哮，安撫了一會兒雪獒的情緒終於穩定了下來。

此時遠處傳來警笛聲，麻燕兒向羅獵道：「對了，我們幫你報警了。」

羅獵聞言一怔：「報警？」

麻燕兒點了點頭，她留意到羅獵的表情有些緊張，心中暗忖難道他不想見到員警？羅獵舉目向遠處看了看，他朝麻燕兒點了點頭道：「謝謝你們幫忙，我先走了。」

麻燕兒還想說什麼，可是羅獵根本不聽她說話，已經帶著雪獒快步走下了公路，很快就翻越草丘消失在眾人的視野中。

羅獵逃離公路之後，走出很長一段距離，方才帶著雪獒停下腳步，轉身回望，看到遠處公路上仍有警燈閃爍，員警已經趕到了地方，應當是在調查剛才的狀況，羅獵清楚的意識到，如果他繼續留下可能會招來不必要的麻煩，他是個來歷不明的人，在這個時代根本沒有身分。如果員警見到他，肯定會把他扣起來。

雪獒挨著羅獵蹲了下去，羅獵伸手撫摸了一下牠的背脊，低聲道：「我必須要回去，我們一定會回去。」

雪獒咿唔叫了一聲，似乎在回應羅獵的話，事實上能夠回應他的也只有雪獒了。

西海北岸有一座濱水而建的小木屋，陽光正好，一位白髮老人正在花園內澆花，一會兒功夫，她就直起腰來，揉著腰部，自語道：「真是老了……」摘下老花鏡，眺望著遠方蔚藍色的西海，久久凝望著若有所思。

直到一聲歡快的呼喊才打斷了她的沉思：「祖奶奶！」

麻燕兒穿著白襯衫工裝褲，蹦蹦跳跳地向老人跑了過來。

老人望著這元氣滿滿的女孩兒，不禁笑了起來，她想起了自己年輕的時候，想起了曾經屬於她的青春歲月，不知不覺身邊的朋友接二連三的離去，這個世界上連個能說心裡話的人都沒有了。

麻燕兒來到老人身邊，摟住她的脖子在她的左右臉頰上各吻了一記，笑道：「祖奶奶，您越來越年輕越來越漂亮了。」

「別恭維我，一個鶴髮雞皮的老太婆跟年輕漂亮又有什麼關係？」

麻燕兒道：「您老在我心中是最美最美的大美人。」

老人笑了起來：「你這張小嘴就是甜，我雖然明知道你在恭維我，可聽著還是高興。說，這次過來是不是又想讓我幫你做什麼？」

麻燕兒道：「豈敢豈敢，我這個考古系剛畢業的學生豈敢勞您這位考古界泰斗的大駕，就是想聽您說故事了。」

老人道：「我的故事講了一輩子，你聽不煩啊？」

麻燕兒道：「不煩，一點都不煩，對了，祖奶奶，您還沒告訴過我，您說的那位英雄是誰？」

老人搖了搖頭，顯然不願提起他的名字，她遙望著遠方的西海道：「我只知道如果沒有他，可能這個世界早已不存在了。」

「那就是救世主！耶穌？」

老人笑道：「他倒是做過牧師，一個假牧師。」說到這裡，她又露出會心的笑容，可能是人老了，越來越喜歡懷舊，她多半時間都在想以前所經歷的事情。

麻燕兒道：「我爸讓我給您老捎來了一些營養品，他最近工作忙，抽不出時間過來，他讓我下月接您回黃浦呢。」

「我不去！」老人的語氣非常堅定。

麻燕兒道：「我知道您老身體好，可是您畢竟一個人啊，最近西海周圍的治安可不好，昨天我就遇到了幾個偷狗賊。」

老人道：「你一個女孩子家別多管閒事，那些罪犯有員警管，你就算看到也應當報警，而不是自己去處理。」

麻燕兒道：「我知道，不過那狗主人很厲害，一個人就從三個偷狗賊手裡把愛犬搶了回來，還痛揍了他們一頓呢，員警來的時候他已經走了。」

老人閱歷豐富，馬上就從她的話中察覺到了一些不對的地方：「他怕員警啊？說不定也是個作奸犯科的人，燕兒，你一定要小心。」

麻燕兒道：「他應該不是壞人，看著跟個流浪漢似的，不過眼神很乾淨，看

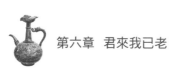

起來不像壞人。」

老人道：「畫虎畫皮難畫骨，知人知面不知心，這個世界不能只看外表，現在雖然是和平年代，可並不是沒有壞人了。」

「對了，祖奶奶，他還知道許多關於咱們家的事情，他知道您的父親是麻博軒教授，還知道您叫麻雀，居然還知道您沒有兄弟姐妹。」

老人就是麻雀，她愣了一下：「什麼？」畢竟這世上知道這些的只有他們家裡人，她好像從未對外人提過，而且她的後人也不會輕易提起，麻雀頓時警惕道：「這就更該小心了，說不定他別有動機，不然他為何會調查咱們家的事？」

麻燕兒道：「您老就是這樣，懷疑一切，在你眼中這世上就沒幾個好人。」

麻雀歎了口氣道：「等你長大了就會慢慢明白的。」

麻燕兒道：「祖奶奶，我已經夠大了，對了，他還說想見見您呢。」

麻雀道：「你說的那個人叫什麼？」

麻燕兒道：「他叫羅獵！」

麻雀剛剛拿起的茶杯噹啷一聲落在了地上，頓時摔得粉碎，她的表情充滿了震驚和不可思議：「他叫什麼？」

麻燕兒道：「他叫羅獵啊，怎麼？您認識他？」

麻雀很快鎮定了下來，她搖了搖頭，心中暗忖怎麼可能，沒有任何可能性的，都過去了一百多年，就算羅獵失蹤後仍然活著，他也應當活不到現在，就算活到現在也和自己一樣是個耄耋老人了。

麻燕兒道：「我用手機拍了他的照片。」

麻雀戴上老花鏡道：「快，拿給我看看！」

麻燕兒找到有羅獵的那張照片。

麻雀接過手機，當她看清照片上的男子之後，她的手不由得顫抖起來，雖然羅獵留著長髮，生著滿臉的絡腮鬍子，可麻雀還是一眼就將他認了出來，這個世界上容貌相像的人有很多，但是羅獵那特立獨行的氣質是他人沒有的。

麻燕兒還從未見過淡定的老祖母居然失去了鎮定，連聲音都顫抖了起來：「他……他在什麼地方？快，你快帶我去找他！」

麻燕兒搖了搖頭道：「我不知道，昨天員警過來時，他好像很害怕和員警碰面，就帶著雪獒在員警到來之前匆匆走了，可能他就是您說的做賊心虛吧。」

麻雀道：「他是個好人，不會做壞事。」

麻燕兒詫異地睜大了雙眸，想不到老人家改口改得如此之快。

麻雀顫巍巍站起身來：「我……我去換衣服，我跟你一起去找他。」

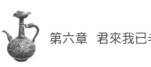

麻燕兒道：「你可別，這麼著吧，您在家裡等著，我去昨天遇到他的地方找找，或許他還沒有離開呢。」

麻雀道：「我跟你一起去。」

麻燕兒道：「乖乖在家裡等著，聽話。」

麻雀目送她遠去，雖然很想跟上去，可想起自己現在老態龍鍾，只怕會拖慢她的速度，也只好作罷，她想了一會兒，拿起了電話，迅速撥通了一個號碼。

當電話接通之後，她卻又改變了主意，電話那頭傳來一個雄渾的聲音道：「奶奶，你有什麼事啊？」

「沒事……我……我撥錯了……」

麻燕兒先去了昨天羅獵離開的地方，在周圍並沒有找到羅獵的蹤影，於是她又去了天馬鎮，是她告訴羅獵在這裡可以坐車去省城，再從省城返回黃浦。希望羅獵還沒有走。

麻燕兒找遍了整個天馬鎮都沒有找到羅獵的身影，就在她回到停車場準備離開的時候，卻發現自己的四個車胎全都癟了，應當是被人故意放了氣，麻燕兒頓時警覺了起來，從另外一輛車上下來了四名男子，其中一人指著麻燕兒道：「就是她，昨天就是她向那大鬍子通風報訊的。」

這幾人就是偷狗賊，他們非但沒有偷走雪獒，還賠了羅獵二十萬，這些人又怎能咽下這口氣，逃離之後，看到事情並沒鬧大，於是又回到鎮上打探消息，剛好遇到了前來尋找羅獵的麻燕兒，他們見過麻燕兒和羅獵在一起，知道她就是向羅獵通風報訊的那一個。

麻燕兒看了看四周，停車場所在的地方相對偏僻，周圍並沒多少人，不過遠處還是能看到三名遊客，麻燕兒大聲道：「你們最好馬上走，不然我報警了。」

幾人笑了起來。

麻燕兒掏出電話，可因為過於慌張電話不慎掉到了地上，她慌忙躬身去撿手機，可手機還沒有拾起，一名男子已經衝上來一腳將手機踩得粉碎。

麻燕兒轉身就逃，一邊逃一邊高呼救命，一名男子繞行到她前方擋住她的去路，惡狠狠威脅道：「住嘴！沒人會多管閒事，老實告訴我那小子在哪裡……」

麻燕兒惶恐地看著他，忽然道：「你……你後面……」

「騙我？」那男子終於還是回過頭去，剛一回頭，一道白色的身影已撲了上來，卻是那頭雪獒及時出現，雪獒將那名男子撲倒在地，張口向他的咽喉咬去。

幸虧隨後出現的羅獵及時制止，不然那男子已經被雪獒咬斷脖子。

羅獵笑瞇瞇望著那幾名男子道：「怎麼？不服氣啊？那就一起上！」他手中一上一下拋著石子兒。

幾名男子相互遞了個一個眼色，然後抽刀衝了上來。

羅獵揚手將石塊丟出，例無虛發，石子全都擊中了目標的面門，砸得幾人滿臉開花，捂著鼻子跌倒在了地上，失去了反抗的力量。

麻燕兒又驚又喜：「羅先生！」

羅獵道：「先離開這裡再說！」他可不想和員警碰面。

麻燕兒的汽車只是被放氣，她找出充氣泵將輪胎充滿，帶著羅獵一起驅車駛離了小鎮。

離開小鎮之後，麻燕兒方才鬆了口氣道：「剛才真是嚇死我了，最近這一帶的治安實在太差了，回頭我要向警方投訴。」

羅獵伸手將湊上前來的雪獒的大腦袋推了回去：「你回來找我？」

麻燕兒點了點頭道：「我還以為你走了，我祖奶奶想見你。」

羅獵道：「你是說她就在附近？」

麻燕兒道：「你認得她？見過她？」她憑直覺認為羅獵之所以沒走，可能就是為了和祖奶奶見面。

羅獵對麻燕兒一連串發問並沒有直接回答，笑了笑道：「帶我去見她吧。」

麻燕兒卻表現得非常執著：「你還沒有回答我的問題。」

羅獵一本正經地回答道：「過去我曾經聽過她的課。」

麻燕兒吃驚地望著羅獵，她忍不住大笑了起來，她的笑讓羅獵意識到自己可能說錯了話，麻燕兒道：「撒謊，她老人家已經有六十年沒有再給人上過課了，你不要告訴我你已經有六十多歲了。」

羅獵當然不會告訴她，就算告訴她，她也不會相信。

麻燕兒走後，麻雀就反覆琢磨著這件事，從剛開始的驚喜中她漸漸冷靜了下來，她認為這件事的可能性不大，一張照片證明不了什麼，或許只是一個巧合，羅獵失蹤了那麼久，就算他出現在自己面前，也應當是一個比自己還要大的老頭子，這個世界上怎麼可能會有人永保青春？麻雀意識到可能只是自己一廂情願的希望吧，她希望羅獵一直活著。

麻燕兒的汽車回到了這座湖畔的小屋，她本想提前用視頻通話告訴老人家自己找到了羅獵，可想了想還是直接把人帶到她面前，給她一個驚喜。雖然她不相信羅獵聽過課的鬼話，可是她仍然認為羅獵認識自己的祖奶奶，而且和她的關係非同一般，麻燕兒甚至開始猜測羅獵和自己家族的關係。

汽車還未停穩，羅獵透過車窗已經看到一個白髮如霜的老人就站在小院的門前，翹首張望著，她拄著一根拐杖。羅獵不敢肯定這位老人就是麻雀，內心中突然產生了臨陣脫逃的想法，他不知自己的到來究竟是對還是錯。

麻燕兒率先下了車，拉開後門，雪獒先溜了下去。看到羅獵仍然無動於衷，她敲了敲車門道：「噯，下車啊！」

羅獵這才推開車門走了下去。

麻雀遠遠眺望著羅獵，雖然羅獵還未來得及剪去長髮，剃掉鬍鬚，可是她已經認出了他，麻雀的雙手緊張地握在了一起，內心之中百感交集，她的喉頭已經開始哽咽，眼淚無可抑制地流了出來，儘管她目前還無法斷定眼前這個幾乎和羅獵一模一樣的男子就是她過去所認識的羅獵。

麻燕兒快步來到麻雀的身邊，笑道：「祖奶奶，我把人給你帶來了。」她這才發現老人家哭了，詫異道：「您怎麼哭了？」

麻雀掏出紙巾擦去臉上的眼淚道：「沒哭……只是被風沙迷了眼。」她吸了口氣，穩定了一下情緒，看到走向自己的羅獵。

兩人彼此靜靜望著對方，麻雀認出了羅獵，因為他還是當初離開的樣子，可是羅獵一時間還無法斷定眼前的老人就是他所認識的麻雀。

麻燕兒道：「你們認識？」

麻雀道：「燕兒，你去幫我買些東西，客人來了，我還沒有準備午飯。」

麻燕兒又怎能聽不出她是要支開自己的意思，她點了點頭，向羅獵道：「你在這兒陪我祖奶奶說話，哪兒都不許去。」

羅獵微笑道：「放心吧，我陪她聊聊天。」

麻燕兒驅車離去之後，麻雀方才道：「你不認得我了？你……還認得……」她拿出了早已藏在衣袋中的照片，這張照片是羅獵最早和瞎子、阿諾、常福還有她一起前往蒼白山時照的照片，那時的他們正值青春。

羅獵接過那張照片，當他看清照片上的自己，他的手不由得顫抖了起來，抬起頭，麻雀已淚流滿面，時光荏苒，匆匆已過百年，前塵往事早已成過眼雲煙。

羅獵伸出手，為老去的麻雀輕輕擦去她臉上的淚，卻怎麼也擦不完。

麻雀道：「我知道你終有一天會回來，只是沒想到會一直等到今天……這麼多年，你去了哪裡？你到底去了哪裡？」

羅獵道：「我只是做了一個夢，我醒來準備回家的時候，卻……卻突然找不到回家的路了。」

麻雀含淚點頭，她牽住羅獵的手，她這一生最大的願望就是執子之手與子偕老，可是當她可以敞開心扉抓住他手的時候，自己已經老得不能再老了，而更具諷刺意味的是，羅獵依然年輕。

他們坐在開滿鮮花的庭院裡，羅獵很紳士地為麻雀拉開了椅子，看到麻雀顫巍巍地坐下，羅獵的內心五味雜陳，他來此之前想要見到麻雀，因為只有麻雀才認得他，可他見到麻雀之後卻又害怕知道真相，因為真相對他是極其殘酷的，他將不得不面對故人離去，親人離散的現實。

麻雀顫巍巍給羅獵倒了杯茶，看著羅獵的目光無比溫暖。

羅獵道：「我的經歷很簡單，我和風九青找到了九鼎，她並不需要我去啟動九鼎，她希望我打開星空之門，讓九鼎過去的主人通過那道門重新回到這個世界，我拒絕了。」

麻雀道：「於是你摧毀了九鼎？」

羅獵搖了搖頭道：「如果摧毀九鼎等於摧毀這個世界，禹神碑上記載了啟動九鼎和開啟星空之門的辦法，不過還有件事風九青並不知道，九鼎還擁有控制時間的力量，我朝著相反的方向運轉了九鼎，打開了一扇時空之門。」

麻雀道：「你知道要回到未來？」

羅獵苦笑道：「我不知道，我當時只想著關閉星空之門，同時也可以消耗掉九鼎的能量，不至於讓九鼎積蓄的能量毀滅我們賴以生存的世界，卻沒有想到無意中啟動的那扇門把我帶到了二〇三七年。」羅獵幾次想問起其他人的事情，可是話到唇邊還是打消了念頭。

麻雀道：「對你只是一場夢，可對我們卻過了漫長的一個多世紀……」她歎了口氣：「羅獵，你是不是想知道其他人的事情？」

羅獵直言不諱道：「想，但是又害怕知道。」

麻雀道：「可總有一天你還是會知道。」

羅獵點了點頭。

麻雀道：「在你離去後的三個月，葉青虹帶著你的兒女一起去了美洲，我們開始還有聯繫，可後來二次世界大戰爆發，我們的聯絡也中斷了，在那場戰爭中，我們失去了很多的朋友。」

羅獵喝了口茶，他默默傾聽著麻雀的講述。

麻雀道：「陸威霖回國參加抗戰，抗日戰爭勝利的那一年，他犧牲在一場和日軍的正面遭遇戰中。阿諾也返回歐洲重新加入了英國皇家空軍，因為作戰英勇戰功顯赫，後來成為了戰鬥英雄，戰後，他和瑪莎結了婚，還戒掉了酒，選擇進入政壇，當過一個英國小城的市長，一九九七年香江回歸的時候，我們還在香江見過面，他也是那年去世的。」

羅獵點了點頭。

麻雀道：「瞎子兩口子去了南洋，陸威霖回國參戰之後，南洋的生意就都靠他們夫婦照顧，陸威霖戰死之後，百惠自殺殉情，他們的子女都由瞎子撫養長大，瞎子的生意做得很大，最後還成為了拿督，他雖然沒有直接參戰，可也在海外積極奔走募捐，算得上是青史留名的愛國商人，新中國成立後，他們夫婦也積極捐款，現在國內有好幾所大學都是他們捐建的。」

羅獵笑道：「他那麼小氣，居然會變得那麼大方，如果不是聽你說，我都不相信。」

麻雀道：「改革開放初期我還見過他們夫婦，那時我是作為訪問學者前往南洋，他們還盛情款待了我，他們和陸威霖夫婦的子女都很有出息，多半都在經商，在東南亞生意做得風生水起，陸威霖有個孫子叫陸劍揚，現在在國家科學院工作，在上世紀八十年代末瞎子夫婦先後去世。」

羅獵道：「張大哥呢？」

麻雀道：「他們夫婦兩人和你姐姐姐夫一直都在國內幫忙管理你們家的生

意，可時局一直動盪，葉青虹在你沒有歸來之後，帶著孩子們離開了黃浦，她應當是預見了接下來的戰爭，帶著孩子們去躲避戰禍，所以國內的生意一直都靠張大哥他們在管理。幾十年風風雨雨，總算熬到建國，可是後來海明珠的身世不知被誰舉報，按照當時的情況，她應該被判死刑的，張長弓得到消息之後，就帶著她逃走了，從此以後再也沒有他的任何消息。」

羅獵心中黯然，相比其他幾人，張長弓的命運更加坎坷。

麻雀道：「你姐姐和姐夫後來都在政府工作，雖然經歷了一些磨難，不過最後還算不錯，你姐姐後來又去當了教師，你姐夫去企業做了領導，他們一直沒有子女，這就算是他們這輩子最大的遺憾吧，九十年代的時候，他們先後去世，我記得去探望你姐姐的時候，她抓著我的手說，讓我好好活下去，她說，我們只要有一個人還活著，就要等著你回來，你走了這麼久，可能已經忘了回家的路，如果沒人等你，你就……再也找不到家了……」說到這裡麻雀的眼圈又紅了起來。

羅獵鼻子一酸，有種想哭的衝動，他好不容易才控制住了眼淚，輕聲道：「這麼多年，難道你一直都沒有青虹的消息？」

麻雀道：「我知道她回來過，可是她沒有和我們中的任何人見面，可能是不想見到我們想起傷心事吧，最後的消息應當是你女兒結婚吧。」

羅獵愕然道：「結婚？」

麻雀點了點頭道：「你的女兒小彩虹和任天駿的兒子任餘慶結了婚，他們新婚的時候還特地回到黃浦拜祭他們的長輩，葉青虹沒有同來，程玉菲遇到了他們，那時候的消息是葉青虹一直都在等著你，她堅信你會回來，小彩虹說她一切都好，可是因為她囑咐過，並沒有洩露通訊地址，不久以後內戰爆發，從此就徹底斷了聯絡。」她搖了搖頭道：「不過以葉青虹的能力，他們應該生活得很好，你不用擔心，小彩虹很漂亮，任餘慶也英俊帥氣一表人才。」

羅獵苦笑道：「我這個當岳父的卻沒有見過自己的女婿。」

麻雀道：「怎麼沒見過，他小時候你不是見過？對了，忘了說任天駿，任天駿在你離開不久就得了怪病，突然衰老成了一個老頭子，他死後，葉青虹收養了任餘慶。」

羅獵點了點頭，那是自己對任天駿的承諾，想起這已經過去的一百多年，葉青虹的一生應當都是在痛苦和等待中度過。羅獵的目光投向麻雀，其實麻雀何嘗不是一樣。

麻雀道：「程玉菲居然是個地下黨員，建國後她進了公安系統，可惜她在一場反特行動中犧牲了，她是我最好的朋友……」雖然過去了那麼多年，麻雀提起這件事仍然感到傷心。

羅獵道：「說說你自己。」

麻雀道：「我有什麼好說的，我……」她本想敷衍過去，可是在羅獵犀利的目光下她知道自己隱瞞不了，連麻雀都覺得自己好笑，一個一百多歲的老太婆面對這個年輕人居然還會感到有那麼點的心慌呢。

麻雀道：「你都看到了，我連重孫女都這麼大了。」

羅獵道：「什麼時候結的婚？」

麻雀笑了起來：「沒有啊，真的沒有啊，你還記得肖恩嗎？」

羅獵點了點頭，當年麻雀曾經有過侯爵夫人的身分，可後來證明她和肖恩之間並不是真正的婚姻。

麻雀道：「我對婚姻有恐懼感，所以一直獨身，可後來一個人又寂寞，機緣巧合收養了一個孩子，也就是燕兒的爺爺。如今也已經過世多年了，我孫子叫麻國明，他很厲害的。」她打量了羅獵一眼道：「去打理一下外表吧，邋裡邋遢的，真不像你。」

羅獵道：「再見到你真好！」他拍了拍麻雀的手，昔日細膩圓潤的手如今已經變得乾枯衰老，麻雀笑道：「要不要我幫你理髮，過去，我兒子、孫子的頭可都是我給剃的。」

羅獵笑道：「好啊！」

羅獵去洗澡的時候，麻雀拿起了電話，摁下了重撥鍵，很快對方就接通了電話：「奶奶，您這次該不是又打錯了？」

麻雀啐道：「在你眼裡，我這個老太婆是不是已經老糊塗了？」

「您可不糊塗，老奸巨猾都不足以形容您老的智慧。」

麻雀禁不住笑了起來：「乖孫子，我要回黃浦。」

「什麼？」

「讓你的私人飛機來接我，還有，你通知陸劍揚，讓他明晚到家中見我。」

「奶奶，劍揚工作忙啊。」

「再忙也得來！」麻雀掛上電話。

麻燕兒採購完畢開車回來，看到老太太一個人坐在外面，她以為羅獵走了，不過看到那條雪獒仍然趴在草地上懶洋洋曬著太陽，估計羅獵仍然還在家裡，好奇道：「他呢？」

麻雀道：「去洗澡了。」

麻燕兒瞪大了雙眼：「洗澡，他居然在您這裡洗澡？祖奶奶，您不是有潔癖嗎？他是您什麼人啊？您對他這麼好？」

「我孫子！」

「不會吧？您有那麼年輕的孫子？」

麻雀道：「在你看來我是不是很老啊？」

刮去鬍鬚，剪了短髮的羅獵換上了襯衫西服，整個人裡裡外外煥然一新，當天晚上他就在麻雀的陪同下登上了飛往黃浦的私人飛機。羅獵的記憶中有關於飛機的印象，可是他還是第一次乘坐這樣現代的交通工具。現在的時代已經可以在一日之間環繞整個世界，聽麻雀的介紹，目前最快的飛機可以在三個小時內從黃浦飛到三藩市。

麻雀並沒有讓麻燕兒同行，她並不想太多人知道羅獵的秘密。

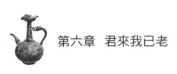

飛機起飛之後，麻雀叫了兩杯紅酒，她向羅獵道：「一個半小時之後，我們就能夠抵達黃浦。」

羅獵點了點頭：「黃浦應該變化很大吧？」

麻雀道：「你應該不認得了，不過，有些建築還在，已經成為了國家重點保護文物。」

羅獵抿了口紅酒。

麻雀道：「有什麼我可以幫你的？」

羅獵將酒杯放下，深深吸了口氣道：「我答應過青虹，我要回去。」

麻雀對他的這句話並沒有感到任何的驚奇，安於現狀從來都不是羅獵的作風，她輕聲道：「你知不知道想要回到過去逆流時光，必須要通過時光穿梭，目前只存在於理論上。」

羅獵搖了搖頭道：「不僅僅是理論，據我所知，目前已經有人正在研究時光穿梭的設備，而且兩年後就會製造出實物。」

麻雀詫異地望著羅獵：「你好像有很多事情瞞著我。」

羅獵道：「沒辦法的事情。」

麻雀歎了口氣道：「你啊，你從沒有真正相信過我。」

羅獵笑了起來：「你對我有成見。」

麻雀道：「沒有！」

羅獵道：「你跟麻燕兒說我是你孫子？」

麻雀忍不住笑了起來：「那我怎麼說？難道我要告訴她，你是我朋友，是我

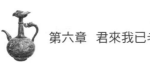

大哥？」

羅獵笑眯眯道：「本來就是。」

麻雀道：「誰會相信你會有一個那麼老的妹妹。」

羅獵道：「在我心中你始終都是過去的樣子。」

麻雀道：「如果我再年輕一百歲我或許還會相信，可現在……」她搖了搖頭道：「拿你的甜言蜜語去騙小姑娘吧。」她忽然想起了什麼，指著羅獵的鼻子道：「我警告你，不許打我重孫女的主意。」

羅獵真是哭笑不得：「放心吧，我有老婆孩子。」

麻雀道：「是啊，你有老婆孩子，不像我一個人孤苦伶仃，羅獵，我有件事怎麼也不明白，為什麼你始終不喜歡我？」

不等羅獵回答，她揮了揮手道：「別說，千萬別說，別讓我這個老太婆最後的一絲幻想都破滅。」

飛機準時著陸，三輛黑色賓利已經在機場等待，羅獵跟著麻雀上了中間那輛車，雪獒也跳了上去。

麻雀和雪獒相處得已經非常融洽，伸手撫摸了一下雪獒的長毛道：「這狗沒證吧？」

羅獵道：「哪來的證啊？你又不是不知道牠的來歷。」

麻雀道：「你也沒證！」

羅獵無語，人老如頑童，麻雀也是一樣。

雖然麻雀有調侃羅獵之嫌，可她說的畢竟是事實，現在的羅獵是個沒有身分的人，在現代社會中就連乘車住宿都有問題，如果不是他找到麻雀，根本沒可能這麼快來到黃浦。

羅獵從車窗外觀察著黃浦的夜景，百年後的黃浦已經成為了一座不夜城，羅獵想起過往的一切，內心唏噓不已，他不屬於這裡，他要回到屬於自己的時代，家人和朋友都在等著他。

羅獵閉上了雙目，他對這個陌生的世界突然就失去了興趣，這不是他所熟知的世界，在當下的時代，他所認識的只有已經衰老的麻雀。想要回去，就必須通過時空穿梭，而他所知道的時空穿梭卻是父親沈忘憂在二〇三九年才會執行的任務，也就是說，他必須要在兩年內找到父親，加入到他們的任務之中，也唯有如此，自己才可能重返過去，回到家人的身邊。

麻雀忽然道：「如果時光可以倒回，那該多好啊！」

麻雀並未暴露羅獵的身分，她召見麻國明和陸劍揚的目的是要利這兩位孫子輩的能力給羅獵安排一個合法的身分，雖然這件事並不合乎原則，可是麻雀這位老祖宗般的人物德高望重，這些小輩誰也不敢拂了她的意思，只用了三天，羅獵就擁有了一個合法的身分，他的所有證件都交到了他的手裡，其中甚至包括一份可以追根溯源的出生證明，還有考古學專業的博士證書。

羅獵將所有證書看了一遍，這兩天他對智慧種子內容的吸收達到了瘋狂的程度，可能是因為時空穿梭導致的狀況，當然也和他過去只是理論概念，而現在結合實際所以理解得相對容易的緣故。

羅獵道：「這些證書足可亂真。」

麻雀瞪了他一眼，這樣的表情出現在她的臉上讓她變成了一個古怪的老太婆：「全都是真的，沒有任何的破綻。」

羅獵道：「有了這些證件，我就可以光明正大地走出門去了。」

麻雀道：「是啊！」她向羅獵沒有關閉的電腦看了一眼，發現螢幕上居然是搜索沈忘憂的資料，她有些奇怪道：「你在查什麼？」

羅獵並沒有對她隱瞞：「我在查沈忘憂的資料。」

麻雀並不知道沈忘憂穿越者的身分，更不知道他是羅獵的生身父親：「你該不是覺得他也來到了當今時代？」

羅獵將自己手繪的兩張人像遞給了麻雀，麻雀拿起一看，其中一人是沈忘憂，另外一個她並不認識。

羅獵道：「我想你幫我查這兩個人，他們應該在國內某所科研機構工作。」

麻雀道：「你真懷疑沈伯伯來到了現在？你到底有多少事情瞞著我？」

羅獵道：「總之我答應你，如果我能夠回去，我一定找到那時的你，告訴你所有的一切，絕無任何隱瞞。」

麻雀歎了口氣道：「回去？我查過所有的資料，陸劍揚就是國家科學院的負責人，我可以明確地告訴你，根本就沒有什麼時光機器。」

「那麼我是怎麼過來的？」

麻雀道：「九鼎積蓄了多少年的能量，這才打開了一扇時空之門，就算以後還會打開，那可能還要等到九千多年之後。」她並沒有告訴羅獵，在羅獵失蹤後的這些年，在她成為國內頂尖的考古專家之後，她所負責的項目就是研究九鼎，在一九六〇年已經發現了殘破的雍州鼎，九鼎不可能再有什麼能量，羅獵回不去了，他為何不肯接受這殘酷的現實？

第七章

龍玉公主

羅獵在電視上第一眼看到龍天心就知道她一點都沒變，
外表還像過去那樣年輕，這對龍玉公主而言並不稀奇，
因為她的遺體畢竟從西夏保存到民國，
在第一次復甦之時只是一個小女孩的模樣，
和沉睡八百多年的歷史相比，剛過去的一百多年只是小兒科。

羅獵獨自來到了過去的舊宅，他們昔日生活的宅院早已不見，取而代之的是一座座摩天高樓，從這裡羅獵已經找不到一絲一毫過去生活過的痕跡。羅獵並不喜歡周圍的鋼鐵叢林，高聳入雲的大廈和筆直堅硬的輪廓，讓他感覺不到人間的溫度。

浦江沿岸的老舊建築大都已經失去了本有的功能，門前用來闡述歷史的銘牌讓羅獵更感覺到自己和這些建築之間已經因年代而被畫上了深深的鴻溝。

羅獵漫無目的地走著，憑著對以往的記憶，他居然找到了小教堂，讓他意外的是小教堂仍然屹立在那裡，甚至比起過去也沒有顯得陳舊，如今的小教堂也成為重點文物保護單位，不過仍然還會有信徒來此。

羅獵走近了小教堂，裡面的陳設大都已經更新，羅獵選了一個僻靜的地方坐下，彷彿看到他和葉青虹結婚的情景，羅獵的唇角露出淡淡的笑意，他打了個哈欠，居然就在長椅上睡著了。

朦朧中聽到有人在他的身邊呼喚：「先生，先生您醒醒！」

羅獵打了個哈欠，揉了揉眼睛，他怎麼會睡著了？此時才意識到自從來到這個時代，他的失眠症居然不治而癒。

叫醒他的是教堂的牧師，很年輕就像羅獵當年，羅獵向他歉然笑了笑道：

「不好意思，我睡著了。」

物似人非，羅獵決定再也不到這裡來。

羅獵本以為找到父母的資料很容易，可是麻雀幫忙調查的結果卻讓他失望，國家科學院並沒有這兩人，不但沒有這樣的名字，甚至連長相類似的人都沒有。

麻雀看出羅獵的失望，一時間她不知如何安慰羅獵，她已經太老了，根據最新的體檢結果，以她目前的身體狀況最多還能支持她再活一年，如果羅獵不出現，即便現在她離開人世也沒什麼好遺憾的，可是麻雀現在卻害怕死亡，因為羅獵在這世界的朋友只剩下自己，如果自己死了誰還能幫助他？誰還願意幫助他？

麻雀道：「我找人進行了人臉比對，在國家資料庫內進行了搜索，沒有你要找的這兩個人。」

羅獵道：「不可能。」他嘴上說著不可能，可心中卻意識到這種可能性是存在的，也許在他啟動九鼎的時候，世界的軌跡又發生了變化，他進入的時空父母根本就不存在。

麻雀道：「回到過去，理論上是可行的，但是目前距離真正實現還很遙遠，你知道的，要回到過去至少要做出趕超光速的機器。」

羅獵沉默了下去，父親植入他腦域的智慧種子裡面並沒有關於時光機器的構造圖，如果有這方面的資料，他或許能夠根據現在的科技造出實物。

麻雀道：「我考慮再三，你的事情我不會向任何人提起。」

羅獵點了點頭，他的情緒有些低落。

麻雀不知如何安慰他，她拿起遙控打開了電視，電視上正在播報新聞。

「全球最大的科技盛會於今日上午在香江會展中心拉開帷幕，在七天的會議裡，全世界頂尖的科學家將會把最新的成果向世界展示，其中有不少足可改變世界的發明，在今天的開幕式上獵風科技首席執行官龍天心小姐宣佈了一項最新科研成果，獵風科技的專家已經可以通過最新的基因排列技術改變基因缺陷，治療或預防各類困擾人類的絕症發生。」

麻雀總覺得畫面上的女子有些熟悉，她準備戴上老花鏡的時候，羅獵已經站起身來，他看到那出現在電視中的女郎竟然長得和顏天心一模一樣。龍天心！她為什麼會叫這個名字？

麻雀此時戴上老花鏡，她也看出了端倪，喃喃道：「她長得好像一個人。」

羅獵道：「我要去見她！」

獵風科技在短短的三年內已經成為了國際科技企業的領軍人物，二十二歲的龍天心也憑著獵風科技的上市而身價倍增，如今已經躋身世界富豪榜的前十，她還是其中唯一的女性。

龍天心已成了智慧和美貌並重的代名詞，也是無數人心目中的偶像，她不但是一個成功的企業家，更是一位明星人物，想見到這樣一位明星人物並不容易。

不過羅獵在麻雀的幫助下還是拿到了獵風科技發佈會的入場券。

穿著一身黑色職業裝的龍天心高貴美麗，氣度不凡，她在台上侃侃而談，從獵風科技的企業文化講到了他們的最新成果，從方方面面闡述了這項研究成果對人類的意義。

到了發問環節，現場記者和觀眾爭先恐後地舉起手來，他們提出了不少刁鑽的問題，可是龍天心應對得當，每個問題都回答得十分妥當。她微笑道：「最後一個問題！」

眾人齊刷刷舉起手來。

龍天心指向下面的一位香江電台的記者，那記者接過話筒，可是身邊一名帶著墨鏡的男子卻向他道：「給我！」記者愣了一下，只覺得對方的聲音中似乎帶著一種不可抗拒的魔力，他居然老老實實將話筒遞給了那名男子。

龍天心秀眉顰起，她指定的發問人可不是那個男子，那男子沒有起身，坐在那裡道：「請問你為什麼要起龍天心這個名字呢？」

現場一片譁然，這是從哪裡冒出來的冒失鬼，居然問這種沒有任何技術含量的問題，白白浪費了一次發問的好機會，任何人都可以毫不費力地回答這個問題，名字是爹媽起的，甚至可以直接告訴他我喜歡，跟你又有什麼關係？

只有龍天心聽出了對方發問的重點，他問的是你為什麼要起這個名字，而不是你父母為什麼要給你起這個名字。

男子發問之後，仍然沒有摘下墨鏡：「還有獵風科技，據我所知這名字可能侵犯了智慧財產權。」這下所有的人都認為他是來搗亂的。

龍天心望著那名男子，她非但沒有生氣，反而露出一絲淺淺的卻滿懷深意的笑容：「老同學，你是故意來砸場子的吧？」

發問的就是羅獵，他利用催眠術讓身邊的記者老老實實將話筒交給自己，然後成功吸引了龍天心的注意力，羅獵從一開始在電視上見到龍天心，就認定她是龍玉公主，在幻境島龍玉消失之後，就再也沒有出現過，羅獵卻知道她不可能死亡，龍玉的離去對羅獵和當時的世界而言並非是一件壞事，所以羅獵也未曾感到太多的遺憾，只是羅獵沒想到她居然會出現在一百多年後的時代。

龍天心的那句老同學等於證實了羅獵的猜測，發佈會散場的時候，兩名帶著墨鏡穿著西裝的男子來到羅獵面前，向他道：「羅先生，我們小姐有請。」

羅獵起身隨同兩人進入了後面的通道，兩人在前方為他引路，在展館內曲曲折折走了一百多米，然後來到七號展廳前，展廳房門緊閉，他們推開大門。

羅獵走了進去，兩人隨後走了進來，然後將大門關閉。

羅獵這才看到這間展廳空無一人，顯然今天並不對公眾開放，羅獵也沒有看到龍天心。此時從兩側的展板後湧出來二十多名身穿黑色西裝帶著墨鏡的健壯男子，他們全都是龍天心的保鏢。

羅獵歎了口氣，沒想到龍玉居然用這樣的儀式來歡迎自己。

「呀！」眾人向羅獵同時圍攻而去，羅獵一把抓起一旁的旗杆，雙臂一抖，帶有logo標誌的旗幟捲在了旗杆之上，羅獵揮動旗杆以自身為圓心橫掃，乒乒乓乓之聲不絕於耳，這些保鏢雖然訓練有素，可是在羅獵的面前，這些人的功夫簡直不值一提，旗杆輪番擊打在內圈保鏢的面門之上，打得他們一個個眼冒金星，而後羅獵身體微屈，旗杆逆時針掃過對方的下盤。又有多名保鏢被掃倒在地，別看圍上來的人多，可無一人能夠靠近羅獵的身邊，更不用說對他造成威脅。

展館的東南角響起清脆的掌聲，龍天心笑盈盈走了出來，望著狼狽不堪的那群手下，她歎了口氣道：「早就說請了一幫廢物，還不趕緊滾？」

那群保鏢跌跌撞撞地爬了起來，二十多人聯手居然連人家的衣角都沒有碰到，臉實在是丟大了。

展廳內只剩下羅獵和龍天心兩人，頓時顯得空曠起來，羅獵望著龍天心，她的容貌和顏天心一模一樣，羅獵冷冷道：「我真是不明白，這個世界上為什麼有人不喜歡當自己，偏偏要冒充別人的樣子？」他顯然對龍玉仍然繼續利用顏天心的模樣招搖過世非常的反感。

龍天心小聲道：「一個一百多歲的老人居然還擁有那麼俐落的身手，說出去恐怕沒人相信吧。」她伸出手去毫不客氣地捏了捏羅獵的右臂，感覺到羅獵的肌肉緊繃且充滿彈性。

羅獵道：「看來你過得不錯。」

龍天心雙眸轉了轉：「看來你過得不好。」她向羅獵靠近了一些：「你居然能夠追到這裡，看來你心中還是在乎我。」

羅獵向後撤了一步，拉開和龍天心之間的距離：「我來找你有要緊事。」

龍天心道：「換個地方說。」她轉身向外走去，羅獵不得不跟上她的腳步，心中暗自提防，龍玉的性情素來喜怒無常，雖然她來到了一百多年之後的時代，可是江山易改稟性難移，雖然她的外貌仍然是顏天心的模樣，可是她性格卻沒有顏天心一絲一毫的特質，看來龍玉已經將顏天心的意識碎片徹底從腦域中驅離了出去。

兩人下了電梯，龍天心取出遙控鑰匙輕輕一點，一輛朱紅色的法拉利跑車自動從泊位行駛到他們的面前，剪刀門緩緩升起，龍天心進入車內，示意羅獵坐在副駕上。羅獵留意到車內並沒有方向盤，心中暗忖這應當是無人駕駛汽車了。

龍天心在儀表盤上觸摸了一下，前方的面板沉降下去，隱藏在其中的方向盤緩緩升起，龍天心道：「科級的發展讓人需要做的事情越來越少，可是我仍然喜歡自己動手，因為……」她看了羅獵一眼，目光中充滿了狂野：「我的控制欲一直很強。」

然後她踩下了油門，跑車猶如一顆出膛的炮彈一樣衝了出去，羅獵從未嘗試過一輛車可以加速這麼快，他的身體下意識地向後靠了一下，當他想到安全帶的時候，安全帶已經自動落下將他牢牢鎖在座椅上。

法拉利跑車行進在香江的街頭如同一道紅色的閃電，龍天心的駕駛技術極好，甚至可以稱得上專業車手，她在車河中來回穿梭。在羅獵看來她現在的所作所為更像是一種炫耀。

自從羅獵在電視上第一眼看到龍天心就知道她一點都沒變，至少在外表上看上去她還像過去那樣年輕，這對龍玉公主而言並不稀奇，因為她的遺體畢竟從西夏保存到民國，在第一次復甦之時只是一個小女孩的模樣，和此前沉睡八百多年的歷史相比，剛剛過去的一百多年只是小兒科。

羅獵清楚記得，他們最後一次見面還是在太虛幻境的九幽白骨塔，當時他遇到了張太虛，還感受到了靈魂脫殼，他看到了顏天心的肉身和龍玉公主意識分離的情景，當時是他用飛刀阻止了龍玉公主的意識和顏天心肉身的再度融合，也是從那時候起，他再也沒有見到龍玉。

法拉利跑車繞行過若干彎道穩穩停在了飛蛾山頂，龍天心下了車，羅獵隨後走了下去。

夜晚的山頂並沒有其他人，羅獵站在山巔，望著下方燈火輝煌的景象，他來到這個時代的時間雖然不長，卻已經厭煩了這樣的場景。

龍天心一雙美眸彷彿被燈火點亮，她感歎道：「這個世界是不是非常美麗，比起過去要美麗得多？」

羅獵認真地想了想方才回答道：「每個人的標準不同。」他承認眼前的世界和過去相比擁有著不同的美，可是這裡沒有他的家人，他要回去，就算費盡千辛萬苦，他也要找到回家的路。

龍天心道：「你究竟是怎麼來到這裡的？」

其實這個問題也是羅獵想問她的，可主動找到龍天心的是羅獵，他還想從龍天心這裡得到幫助，所以羅獵必須要拿出一些誠意，他簡單將自己和風九青尋找九鼎的經歷說了。

龍天心聽他說完不由地笑道：「羅獵啊羅獵，我還以為你是個聰明人，可現在看來不過如此，你以為關上星空之門就能夠阻止他們嗎？如果你去一個地方可以經過陸路，也可以經過水路，如果兩者都走不通你還可以通過飛行。」

羅獵道：「你是說我並沒有阻止他們來到這個世界。」

龍天心道：「只要世界存在，什麼人當主人還不是一樣？狹隘！」

羅獵道：「你自然這麼說。」

龍天心道：「本來我可以為你根除九鼎的麻煩，可是你在我靈肉合一之際竟然暗算於我，可以說你之所以有今日的下場，全都是你自己一手造成。」

羅獵聽出她是在責怪自己當初射她那一刀，不過就算沒有自己出刀阻止，她仍留在過去的世界中，以此女囂張乖戾的性情也未必會幫助自己拯救世界。

龍天心道：「你來找我是不是有求於我？」

羅獵道：「你又是如何來到了這裡？」

龍天心道：「你還有臉問，如果不是你，我又怎會淪落於此？」她惡狠狠盯住羅獵道：「你是不是想我幫你回去？」

羅獵點了點頭，他的確有這樣的想法，在龍天心的面前也沒必要隱瞞。

龍天心道：「你回不去了，我無能為力。」

羅獵道：「看來我來錯了。」

龍天心道：「給你個建議，如果來我身邊工作，你可能會活得長久一些。」

羅獵搖了搖頭道：「謝了，我對你的事業沒有丁點的興趣。」羅獵沿著山路向下走去，龍天心望著羅獵的背影，雙眸之中倏然閃過兩道幽蘭色的光芒。

「你是說……龍玉公主……她……她還活著？」麻雀結結巴巴道。

羅獵點了點頭。

麻雀道：「這個龍天心的確長得和顏天心一模一樣，可這並不代表什麼。」羅獵的話大大顛覆了麻雀的認知，她無法相信更無法理解，可她在心底又告訴自己，既然羅獵都能來到這個世紀，任何不可思議的事情都可能發生。

羅獵道：「我這次來是想跟你道別的。」

麻雀心中一怔，看著羅獵她很快就明白了他的意思：「你是擔心會給我帶來麻煩？」

羅獵道：「我不該就這樣去找她，她還是過去的她，江山易改稟性難移，她不會對我的出現坐視不理。用不了太久的時間，她就會追查到這裡。」

麻雀道：「查就查，我也不會怕她！」

羅獵道：「就算你不怕，你還有家人，龍玉做事向來不擇手段。」

麻雀道：「可是你一個人又能去什麼地方？」

羅獵道：「我想好了，我去她身邊工作。」

麻雀道：「你還是認為她可以幫你回去？」

羅獵道：「她既然能夠來到這裡，就應當知道回去的辦法，跟她合作，她就不會再追查我的事情，對大家都是一件好事。」

麻雀沉默了下去，她對龍玉公主雖然瞭解不多，可是從羅獵那裡也能夠知道，她是個不擇手段的人，她知道羅獵的真正身分，如果她將羅獵的秘密公諸於眾，羅獵就會成為世界各國秘密機構的一致目標，畢竟羅獵本身就擁有著莫大的研究價值。

而羅獵想要返回過去，是自己無能為力的事情，這方面唯有接近龍天心才有希望，她知道羅獵也是深思熟慮之後的選擇。

麻雀道：「你讓我幫忙尋找的兩個人仍然沒有任何線索，我估計他們存在於這個世界上的可能性很小。」

羅獵點了點頭，心中卻仍然堅持認為父母一定在這個世界，如果他們從未存在過，又怎麼會有自己？這就如同一道證明題，如果此前的所有證明條件都是錯的，那麼結論肯定也就不存在，反之倒推，既然自己的存在是真實的，那麼父母就一定存在，羅獵認為麻雀的資料並不完全。

他微笑道：「此事不急，對了，我想將雪獒留在你身邊。」

麻雀道：「好啊，剛好可以留下給我做伴，省得我這個老太婆寂寞。」

羅獵來到麻雀身邊，輕輕擁抱了她一下，又在她滿是皺紋的額頭上吻了一下，麻雀叮囑道：「不要離開太久，不然我可能再也見不到你了。」

羅獵之所以做出這樣的決定是因為他已經沒有了其他的選擇，龍天心就是龍玉公主，一個沒有憑藉九鼎之力就穿越時空來到如今社會的女人，她一定有辦法返回過去。

羅獵本以為很快就能夠找到自己的父母，設法加入到他們的隊伍中去，然後利用他們的時空穿梭機返回過去，然而他來到這裡已有一周左右的時間，麻雀也盡最大努力幫助自己去查，可仍然如大海撈針找不到任何的消息，更麻煩的是，他自己的感知力在穿越之後大打折扣，羅獵雖然擁有出色的戰鬥力，可是這種戰鬥力和過去仍然無法相提並論，除了感知力下降，他也無法做到像過去那樣將飛刀禦空飛行。

羅獵躺在床上，默默把玩著紫府玉匣，這魔方一樣的金屬塊自出水後就如同死去了一般，別說發光，甚至連品質和溫度也如同尋常的鐵塊一樣，羅獵曾經測過它的密度，和廢鐵已經沒有任何的分別，這東西權當是他穿越過來的紀念品。

自從來到這裡，他對家人的思念就未曾平息過，羅獵知道在目前所處的時間線上，葉青虹或許早已不在，他不知道自己的後人現在怎麼樣，他也不敢去查，因為現實可能是極其殘酷的，羅獵寧願不知道結果，他要儘快回去，陪著葉青虹度過他們的餘生，照顧兒女慢慢長大。

羅獵將紫府玉匣放在床頭，打了個哈欠，準備入眠，明天一早他會去找龍天心，他也不想麻雀風燭殘年之際還要為自己的事操心，希望麻雀能夠安享晚年。

羅獵一早就離開了麻雀的家，他在附近叫了輛計程車，上車之後，找出龍天心的名片，獵風科技的總部就位於浦江東岸，最高的那座如子彈頭般的建築，羅獵指了指那幢摩天大廈道：「去那裡。」

司機點了點頭，啟動了汽車，汽車剛剛行進就自動落鎖，羅獵開始還沒覺得有什麼奇怪，可很快他和前座之間也落下了一塊黑色的玻璃，兩側的車窗也全都變成了黑色，羅獵所在的空間內頓時變得漆黑一片，他慌忙去開車門，車門已經被鎖止，羅獵意識到這是一個圈套，他大聲道：「你是誰？」

一個低沉男聲響起：「羅先生請不要緊張，我會帶你去一個安全的地方。」

羅獵並不緊張，和這個世界的多數人相比他經歷過太多的大風大浪，而且以他目前的力量他無法從這輛車內脫困，當今時代擁有了太多他那時沒有的高科技，就算他的能力沒有變弱，也很難突破周圍的堅實壁壘。

既來之則安之，羅獵很快就平靜了下來，與其大呼小叫浪費精力，還不如享受一下這黑暗中的寂靜，羅獵居然睡著了，汽車行進一個多小時之後，終於停了下來。

羅獵在汽車停止行進的時候睜開了雙目，車門緩緩開啟，光亮從外面透射進來，羅獵判斷出不是自然光線，應當是燈光，他離開的時候還是清晨，現在也只不過是上午八點左右。羅獵估計自己可能被帶到了一座和外界隔絕的建築裡，他並沒有急於下車，聽到外面傳來一個禮貌的聲音道：「羅先生，請下車。」

羅獵從車上走了下去，汽車停在一個隧道的裡面，在他們的前方有一輛單軌列車。

羅獵下車之後，馬上就有四名荷槍實彈的警衛將他護衛在中間，確切地說應當是看守才對。

羅獵看到前方一個身材高大的年輕軍官，他在月台上等著，看到羅獵下車，大步迎了上來，主動向羅獵伸出手去：「羅先生您好，我是陸明翔，用這種方式將您請到這裡來實在是情非得已，還望羅先生不要見怪。」

羅獵並沒有跟他握手，也沒有動怒，平靜道：「我想你們可能找錯了人，我根本就不認識你。」

陸明翔微笑道：「羅先生，請上車，很快您就會明白到底發生了什麼事。」

羅獵跟著他一起走入了前方的列車內，列車車廂內的佈局很豪華也很現代，羅獵坐下之後，列車就開始啟動，只行駛了兩分鐘就已經抵達了下一站。陸明翔示意羅獵下車，月台上一位中年人早已在那裡等著，他穿著灰色中山裝，身材筆挺，站在那裡紋絲不動，頗有軍人的作風。

羅獵卻從這中年人的臉上看到了一些熟悉的輪廓，這中年人的輪廓和表情像極了他的一位老友陸威霖。

中年人看到羅獵出現，邁著大步來到羅獵面前，伸出手去道：「陸劍揚！我在國家科學院工作。」

羅獵聽說過這個名字，也知道陸劍揚是陸威霖的親孫子，麻雀在此前就提起過他，包括自己的身分證件都是麻雀找他給幫忙安排的，羅獵首先想到的是麻雀是不是不小心暴露了自己的身分，可轉念一想這種可能性不大，應該是陸劍揚自身的緣故。

羅獵和陸劍揚握了握手，他朝一旁的陸明翔看了一眼道：「你們是父子？」

陸劍揚笑道：「羅先生眼力不凡。」等於承認了他和陸明翔之間的關係。他做了個邀請的手勢，請羅獵前往他的辦公室。陸明翔和幾名警衛遠遠跟在了後面，陸劍揚停下腳步道：「你們不用跟著了，我和羅先生單獨說點事。」

陸明翔幾人這才停下腳步。

陸劍揚帶著羅獵走入前方的電梯，他們乘坐電梯來到了地下七層，這裡有陸劍揚的專屬實驗室和辦公室，兩人來到他的辦公室內。一個通體瓷白的大腦袋機器人過來送上了兩杯咖啡。

羅獵好奇地望著眼前的機器人，看來有不少人要失業了。

陸劍揚道：「這種型號的機器人已經屬於古董了，它們只能從事一些低難度的體力工作。」

羅獵喝了口咖啡，咖啡很香很濃，讓他想到了葉青虹親手煮的咖啡，羅獵道：「不知陸先生將我帶到你工作的地方是什麼意思？」

陸劍揚直言不諱道：「我對羅先生非常的好奇，麻老太太這些年從不讓我們做任何事，而最近她的表現一反常態，所以我們這些做後輩的有些擔心，剛好她又讓我幫您製造一個合法的身分，所以我就調查了一下羅先生的資料。」

羅獵不慌不忙道：「陸先生查到了什麼？」

陸劍揚道：「一片空白。」

羅獵心中暗忖，陸威霖的孫子，這小子也應當叫自己爺爺吧。

陸劍揚道：「可是最近老太太又在詢問我一些關乎國家機密的事情，所以讓我不得不懷疑你的動機。」

羅獵頓時明白了，自己想回到過去，麻雀當然想幫助自己，可她這個行將就木的老太太能夠求助的只有麻國明、陸劍揚這些後輩，然而老太太的反常舉動還是引起了這些人的懷疑。

羅獵微笑道：「你懷疑我是間諜？」

陸劍揚道：「剛開始我的確是這樣懷疑的，可是你和老太太的關係又引起了我的好奇，直到她把你的照片給我，讓我幫忙給你安置一個合法的身分。」

陸劍揚開啟了自己的電腦，一面巨大的顯示幕投影在虛空中，陸劍揚打開了密碼，而後找到了一張照片，照片上是陸威霖、羅獵、瞎子、張長弓、阿諾年輕的時候，他們五人在一起的合影。

陸劍揚道：「這是我爺爺唯一留下的照片，我雖然沒有見過他，可是我父親在世的時候曾經告訴我不少關於他和他朋友的傳奇故事。」陸劍揚指了指照片正中的羅獵道：「你不覺得照片中的人和你很像？」

羅獵道：「的確很像，他是我的曾祖父。」他總不能在陸劍揚的面前承認照片中的人就是自己。

陸劍揚道：「羅先生，我想您配合我們進行一項驗證工作。」

羅獵頓時變得警惕起來，低聲道：「什麼樣的驗證？」

陸劍揚道：「羅先生不必緊張，其實這項驗證非常的簡單，我們只想取您的一些頭髮和血液樣本。」

羅獵知道陸劍揚對自己的身分已經產生了深重的懷疑，不排除他認為自己是羅獵本人的可能，羅獵道：「如果我拒絕呢？」

陸劍揚微笑道：「其實我們想得到羅先生的樣本很簡單，可是我並不想那樣做，還想羅先生配合我們的工作。」

羅獵道：「可不可以給我時間考慮一下？」

陸劍揚點了點頭道：「好，我給羅先生一個小時的考慮時間。」

羅獵討價還價道：「兩個小時吧。」

陸劍揚痛快地答應了下來。

羅獵被帶到了隔壁一間封閉的房間內，他留意到房間裝著監控，自己的一舉一動全都在對方的監控下。羅獵在椅子上坐下，他靜靜考慮著脫身之計，他的旅行包也被人帶走了，裡面有他的身分證明還有錢，當然這些並不重要，最重要的還是紫府玉匣，儘管紫府玉匣變成了一塊頑鐵，可羅獵仍然覺得那東西非常重要，總覺得那塊頑鐵終有一日恢復能量，雖然他也不知道那能量到底有何用處。

羅獵向攝影機的方向道：「可不可以將我的東西還給我？」

沒有人回答他，不過羅獵的話已經傳了出去。陸劍揚父子通過監視器看到了羅獵的一舉一動，陸明翔道：「爸，這事要是讓老祖宗知道，恐怕會怪罪吧？」

他們這些晚輩已經習慣性地稱呼麻雀為老祖宗。

陸劍揚道：「所以才要調查清楚啊，你知道的，我們正在從事的研究涉及國家機密，對任何人都不能洩露，此人的動機非常可疑。」雖然羅獵的樣子長得和合影中的人很像，而且名字也一模一樣，可陸劍揚並不認為眼前的羅獵和照片中的羅獵就是一個人，理論上雖然存在這種可能，但是二十世紀初的科技水準根本不支持這樣的時空之旅，陸劍揚更傾向於眼前的羅獵是個別有用心的人，騙取老太太的信任，想要竊取國家機密。

陸明翔道：「應該心裡有鬼，不然他因何不願接受檢查？」

陸劍揚道：「這個人很奇怪，好好看住他，在沒有查清他的真正身分之前，要對他客氣一些，還有，一定要守住秘密，不可以讓老太太知道這件事。」

陸明翔笑道：「爸，您放心吧。」

陸劍揚道：「對了，我聽說他是通過麻燕兒見到的老太太，你跟燕兒聯繫一下，瞭解一下當時的具體情況。」

陸明翔的表情顯得有些不自然：「爸，您又不是不知道我們已經分手了，她甩了我。」

陸劍揚哈哈笑了起來：「分手就不能做朋友了？男子漢心胸放寬廣一些，我還有個重要的會議，小子，這邊的事情你盯著，對這個人要客氣一些，儘量說服他配合。」

陸明翔道：「他的旅行袋？」

陸劍揚道：「檢查一下，如果的確沒什麼問題可以還給他。」

陸劍揚走後，陸明翔打了個電話詢問關於羅獵隨身物品的狀況，那邊檢查的結果是沒有任何問題，只是對旅行袋裡面裝著的那個鐵塊有些不解，不過經過檢測，那就是一個尋常的鐵塊。

很快就已經過了兩個小時，陸明翔拎著羅獵的旅行袋走進了禁閉室內。

羅獵仍老老實實坐在那裡，看到並不是陸劍揚，他問道：「你父親沒來？」

陸明翔笑道：「這裡目前由我來負責。」他將旅行袋遞給了羅獵道：「想好了沒有？」

羅獵道：「想好了，我拒絕。」

陸明翔道：「為什麼？」

羅獵道：「每個人都可以擁有自己的隱私不是嗎？」

陸明翔道：「我們並不是要對你不利，而是想搞清楚狀況，你的身分是我們幫忙解決的。」

羅獵微笑道：「你們一定都很尊敬麻雀吧？」

陸明翔聽到他居然對老祖宗直呼其名，不由得有些憤怒，畢竟羅獵和自己的年齡差不多，他忍住憤怒點了點頭道：「是，我們平時都稱她為老祖宗。」

「就像紅樓夢裡那樣？」

陸明翔道：「看你的年齡也就是三十左右吧？」

羅獵沒有否認也沒有承認，眼前的年輕人是陸威霖的後人，如果他知道自己和他的曾祖父一起並肩戰鬥過，不知要作何感想。

陸明翔道：「如果被我查出你想通過欺騙老人家來竊取國家機密，我不會留情的。」

羅獵道：「我如果要當間諜，至少要把身分偽造得更完美一些，你說是不是？」

陸明翔道：「誰知道呢？有時候破綻也是一種策略，不排除你故意用這種方法接近麻燕兒的可能。」

羅獵打量著陸明翔，他頓時察覺到陸明翔和麻燕兒之間可能有些感情上的問題，因為陸明翔提起麻燕兒的時候，表情明顯有些不自然。羅獵是心理學方面的高手，雖然在穿越時空之後他的精神力受到了很大的影響，無法做到像過去那般輕易進入對方的腦域，可羅獵在催眠術方面並未有太多的折扣。如果不是因為身處困境，念及舊情，羅獵不會對陸明翔這樣的後輩下手的。

羅獵道：「麻燕兒是個不錯的女孩子。」

陸明翔頓時警覺起來：「她和你沒有任何關係。」

羅獵笑道：「你喜歡她？」

陸明翔馬上否認道：「沒有。」

「撒謊，我能夠看出你喜歡她。」

一個人的心事一旦被看破就會陷入慌亂中，這如同防線被撕開了一個裂口，很快就會蔓延擴展開來，陸明翔並沒有料到他所面對的是一位堪稱大師級的催眠高手。

羅獵道：「你否認的時候，眼神都不敢直視，證明你在說謊話，證明你現在仍然喜歡她。」

陸明翔因羅獵的話而抬起頭來，羅獵輕易就激起了他的好勝心，他不怕和羅獵對視，可這次的對視卻讓他馬上陷入了羅獵深沉如海的雙目中，陸明翔感覺自己的雙目頓時變得酸澀起來，眼前的景物開始變得模糊，羅獵的身體扭曲旋轉起來，很快在他的面前形成了一個彩色的漩渦，而他不知不覺就沉溺在這漩渦中。

羅獵道：「你們懷疑我什麼？」

陸明翔老老實實答道：「懷疑你意圖竊取國家機密。」

羅獵道：「我沒打算竊取什麼國家機密，你們要是不說，我都不知道什麼國家機密，那你告訴我，你們害怕我竊取的國家機密是什麼？」

陸明翔道：「我不知道。」他是真不知道，畢竟他的級別還沒到能夠涉及核心機密的程度。

羅獵道：「帶我離開這個地方吧。」

「去哪裡？」

「從哪兒來，到哪裡去。」

陸明翔對羅獵的要求已經沒有任何的拒絕能力，起身帶著羅獵就走。因為羅獵就是他帶到秘密基地裡來，所以將羅獵帶走也沒有引起任何的懷疑。

第八章

另一座黑堡

羅獵看到研究所內的科研人員忙碌著，
生出一種極其熟悉的感覺，
他明白這種感覺和他初到黑堡時有些類似。
這座摩天大廈，代表著當今最先進科技的研發中心，
難道是龍天心在新世界裡建起的另外一座黑堡？

陸明翔清醒過來的時候，發現自己身在黃浦西郊，遠方夕陽西下，連他都搞不清自己怎麼會到了這裡，一陣風吹過，明明在夏日裡，陸明翔卻打了個激靈，他不知到底發生了什麼，此時四輛汽車從遠方駛來，將他包圍在了中心。

陸劍揚從其中一輛汽車中走了出來，他表情嚴峻臉色鐵青。

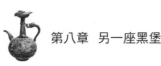

陸明翔道：「爸……」

陸劍揚怒視他道：「人呢？」

陸明翔搖了搖頭道：「我不知道，我都不知道自己怎麼到了這裡？」

陸劍揚道：「你不知道？監控顯示是你將他帶出了秘密基地，還開車將他送了出去，我們是根據你的手機定位找到了這裡。」他將自己的手機遞給了陸明翔，陸明翔看到上面的部分監控重播，千真萬確，的確是自己把羅獵從秘密基地帶走，他的額頭上滿是冷汗：「爸，車，追查那輛車，車上有定位系統。」

陸劍揚道：「定位系統已經遭到人為破壞，你到底怎麼回事？」

陸明翔道：「我不知道，我審問他的時候，他問我麻燕兒的事情，接著我就什麼都不記得了……」

陸劍揚相信自己的兒子不可能是內奸，他也沒有協助羅獵逃走的理由，根據目前狀況來看，最大的可能就是兒子被催眠了，陸劍揚佩服羅獵的能力同時又為兒子感到遺憾，此事之後，按照他們的規則，兒子要接受一系列的調查和測謊。

陸明翔道：「爸，我去抓他，我一定會把他抓回來！」他還年輕，他接受不了這樣的挫敗。

陸劍揚道：「把他給我帶回去，暫停他的一切職務和工作。」

陸明翔委屈地望著父親：「爸！」

陸劍揚道：「我說過多少次，工作時不要叫我爸！」

陸明翔被帶上車之後，陸劍揚打開手機，打開秘密郵箱，然後將他目前所掌握的資料全都發送了過去。

羅獵雖然順手牽羊帶走了陸明翔的汽車，可是他並沒有一直將車帶在身邊，儘管他破壞了汽車的監控，但是對這個資訊高速發展的時代而言，調動監控鎖定車牌號碼並不是一件困難的事情。

遠離陸明翔之後，羅獵將汽車丟棄在路邊，他不敢乘坐公共交通，因為買票系統需要驗證證件，那樣會暴露他的行蹤，羅獵好不容易找到了一個公用電話亭，他給龍天心打了個電話，雖然他找麻雀可以更順利解決麻煩，但是羅獵不想麻雀再因此事而操心，更不想她生氣。陸劍揚的做法無可厚非，畢竟對他們來說自己只是一個來歷不明的陌生人。站在他們的立場上，他們當然要為麻雀這位長輩的安全著想，避免別有用心之徒對老人的利用。

而麻雀出於對自己安全的考慮，也不能將自己的來歷告訴這些後輩，他何苦讓風燭殘年的麻雀還在為自己的事情操心。

龍天心接到羅獵的電話並沒有感到意外，問明羅獵所在的地方，她笑道：「是不是遇到什麼麻煩了？你等著，我馬上派人去接你。」

羅獵按照龍天心所說的地點來到了小鎮的停車場，大概半小時後，他聽到頭頂的轟鳴聲，抬頭望去，只見一架灰藍色的直升機緩緩降落，龍天心是親自駕機過來的，羅獵登上直升飛機在她身邊坐下。

龍天心笑道：「我還以為你不會再找我呢。」

羅獵道：「沒想到龍總會親自來接我。」

龍天心道：「不親自來怎麼能夠顯出我的誠意。」她操縱直升機開始上升，直升機升到半空，就看到有三輛軍車來到了下方，軍車內下來了十多名軍人，龍天心看到眼前的情景，心中已經明白這些人應當是衝著羅獵來的，如果他沒有遇到麻煩，也不會主動找自己。

羅獵道：「記得陸威霖嗎？」

龍天心點了點頭，她對每個認識的人都記得清清楚楚。

羅獵道：「這其中就有他的後人。」

龍天心道：「放心吧，我會保證你平安無事，他們也追查不到我的身上。」

龍天心並沒有將羅獵帶回公司總部，而是先帶他來到一座現代化高科技的別墅，龍天心帶著羅獵參觀了一下環境，慷慨地表示羅獵可以住在這裡，想住多久就住多久。

羅獵道：「無功不受祿，我可不好意思在你這裡白吃白住。」

龍天心道：「我也不可能讓你白吃白住，這樣吧，你先休息一下，等後天來我公司的時候我會跟你詳談。」

羅獵道：「你不住在這裡？」如果龍天心住在這裡，他們好像沒必要等到後天再談。

龍天心道：「我今晚要去巴黎參加一個晚宴，後天才能回來。」

羅獵雖然對當今世界的交通方式有所瞭解，可是他還不適應，在過去往巴黎一來一回至少要小半年的時間，可現在兩天內居然就能打一個來回，而且中途還要參加活動。

龍天心莞爾笑道：「你剛來肯定有很多事情想問，也有太多不瞭解的地方，剛好可以趁著這兩天瞭解一下，別墅內有一個虛擬實境資料庫，如果你想瞭解更多一些事情，可以讓管家帶你過去。」

龍天心口中的管家是一個機器人，在如今的時代，機器人進入家庭並幫忙管理家務已經成為常態。

因為擔心自己已經成為陸劍揚的追擊目標，所以羅獵這兩天全都待在別墅內，除了吃飯休息，他多半的時間都進入虛擬實境資料庫，在這個資料庫內，他想瞭解的一切都會以模擬實物情景的方式進行展現，其實羅獵的腦域中本身就擁有著智慧種子賦予的巨量資料，在虛擬實境資料庫內，通過兩者的對比和映照，羅獵對如今社會的瞭解可以稱得上是突飛猛進。

第三天清晨，羅獵醒來，管家已經為他準備好了早餐，等到羅獵進食早餐的時候，管家提醒道：「羅先生，今天上午十一點半，會有專車接您去總部，十二點，龍小姐會和您共進午餐，下午兩點帶您參觀公司。」

羅獵望著這面無表情的機器人，點了點頭：「知道了！」機器人緩緩低下頭，然後腳下的輪子飛速向後倒退離開。

現代社會雖然科技發達，這些機器人做事也很認真，甚至達到一絲不苟的地步，可畢竟是機械和程式的產物，它們是沒有生命和感情的。

中午十二點，羅獵準時來到了獵風科技總部的頂樓餐廳，餐廳分成兩部分，一層是普通員工的食堂，二層是專門為了接待貴賓使用，其豪華程度和菜餚的檔次比起專業高檔餐廳不遑多讓。

龍天心生性挑剔，對生活品質要求極高，為了滿足自己的口味需求還特地聘請了世界各地的頂級名廚前來服務。

羅獵乘坐高速電梯直達頂樓餐廳，餐廳大門打開，羅獵看到眼前的情景不禁為之一震，因為他看到的情景完全是民國風貌的裝飾，就連在門口出現的迎賓小姐都穿著二十世紀初的校服。

在兩位迎賓小姐的引領下羅獵向前走去，第二道房門打開，穿過一條充滿民國風貌的走廊，抵達了包廂門口，房門開啟，身穿寶藍色旗袍的龍天心宛如一朵出水芙蓉般亭亭玉立出現在羅獵的面前。

龍天心過去給人的印象都是時尚而高傲，她還從未穿過旗袍出現在人前，高貴冷豔的妝容證明她為了今天的午餐做了充分的準備。

羅獵卻仿若看到了顏天心，他不知道龍玉為何捨棄她自身的模樣，如此執著地扮演著顏天心的角色，究竟是為了取悅自己還是為了刺激自己？不過羅獵卻不得不承認，他喜歡這種環境，這樣的環境讓他有種穿越時空回到過去的錯覺。

龍天心微笑道：「我特地讓人準備的，只是不知道你是不是喜歡？」

羅獵道：「費心了。」

兩人面對面坐下，龍天心讓人上菜，羅獵留意到今天的菜式全都是自己愛吃的，龍天心為了今天這頓飯的確花費了不少心思。

古董留聲機內響起了熟悉的旋律，在這樣的氛圍下，羅獵暫時忘記了外面光怪陸離的新世界，在這一方空間內一切都如此的熟悉，甚至連空氣，空氣中都是熟悉的香味，羅獵端起酒杯和龍天心碰了碰杯，搖曳了一下杯中的紅酒，他想起了站在藍磨坊舞台上歌唱的葉青虹。

羅獵喝了口紅酒，腦海中卻又浮現出葉青虹一手牽著兒子一手牽著女兒，站在雪中苦苦等待自己歸來的情景。

龍天心從羅獵變得暗淡的目光中覺察到了什麼，柔聲道：「是不是有種被整個世界離棄的感覺？」

羅獵道：「只是覺得陌生。」

龍天心道：「在你到來之前，我所面臨的就是一個完全陌生的世界。」

羅獵道：「我在九幽秘境找到你的時候，你同樣面對一個陌生的世界。」

龍天心禁不住笑了起來：「是你一刀將我從那個世界趕了出來。」她咬了咬櫻唇，帶著嗔怪道：「你知不知道，你差點殺死了我？」

羅獵道：「對你來說，應該不存在生死的概念吧？」

龍天心將筷子放下：「你始終把我當成一個異類，而且從未當我是好人對不對？你有沒有想過，如果我當初真要毀掉世界，你能夠阻止我嗎？」

羅獵沒有說話，品嘗著菜餚，好久沒有吃過這麼可口的飯菜了。

龍天心道：「我來到這裡已經有二十多年了，這些年裡我是不是有足夠的機會可以毀掉世界，毀掉人類？我有沒有這樣做？」

羅獵調查過龍天心的資料，她是著名財團龍騰集團董事會主席龍盛天的女兒，可是在她十五歲的時候，因為飛機失事，她的父母都不幸罹難，因為上學而僥倖躲過一劫的龍天心過早地經歷了人間冷暖，她的家產被人侵佔，公司的執行權旁落，可就在那樣的狀況下，龍天心仍然在十八歲成年之後，短短三年內創立並將獵風集團發展壯大，成為這個世上第一流的高科技公司，而在資本市場上，她也完成了對龍騰集團的收購，並報復了昔日背叛龍氏家族的所有人。

龍天心的經商歷程已經被寫進了世界多所商學院的教材，她也被視為經商天才，天之驕女，可在羅獵的眼中她能夠取得這些成就都是理所當然的，龍天心註定不是一個凡人。

羅獵道：「其實你完全可以用武力去報復，為何選擇了智慧？」在他看來龍天心完全可以採用更簡單粗暴的方法，而這些方法恰恰是她過去習慣並擅長的。

龍天心道：「你在挖苦我？」

羅獵搖了搖頭道：「我看了你的一些資料，也瞭解你來到這個世界做過的一些事，感覺你做事的風格有些陌生。」

龍天心道：「看來我不應該給你提供瞭解我的機會。」

羅獵道：「我得出了一個結論……」他停頓了一下，方才低聲道：「你的戰鬥力大不如前了。」

龍天心咯咯笑了起來，她笑起來的時候是最不像顏天心的時候。望著眼前的龍天心，羅獵心中感到一陣悲哀，顏天心已經徹底不存在了，她的腦域被雄獅王徹底摧毀，即便是眼前的身體也和過去的顏天心沒有任何關係。

龍天心道：「果然你才是最瞭解我的人，是！我現在的確沒有什麼戰鬥力了，看來時空穿梭對我們的身體是一種莫大的損害，我們的能力都會有不同程度的減退。」

羅獵終於明白龍天心為什麼要在第一次見面的時候派出那麼多保鏢來圍攻自己，她是要驗證一下自己的能力，其實羅獵已經初步適應了目前的環境，他對自己的能力也有所認知，自己的戰鬥力無疑減退得很厲害，他無法調動過去體內慧心石的能量。

龍玉曾經從自己的體內掠走了部分慧心石的能量，羅獵本以為慧心石的能量已經枯竭，可是後來因為風九青想要吞噬他體內的能量，反倒成就了慧心石的復甦。這次的穿越卻讓羅獵體內的能量再度沉寂了下去，如同那塊紫府玉匣一般，羅獵感覺自己也成了失去光澤的頑鐵。

羅獵道：「其實我比你也好不到哪裡去。」

龍天心淡然笑道：「你還是過去的老眼光，現在已經不是一個武力能夠決定一切的世界，關鍵還是這裡。」她指了指自己的頭：「當今的時代高科技的武器可以輕易就夷平一座城市乃至一個國家，個人的武力根本不重要。」

羅獵道：「你喜歡現在的時代？」

龍天心道：「談不上多喜歡，也談不上多討厭，可現在你來了，我總算有個人可以說知心話了。」

羅獵道：「我還是要回去的。」

龍天心道：「有想法總是好的，我也希望能夠幫助你，直到你徹底放棄希望的那一天。」

羅獵不會平白無故接受幫助，羅獵道：「說說看，我能為你做些什麼？」

龍天心道：「好多事，先從我的保鏢開始吧。」她拿起紙巾擦了擦嘴唇，輕聲道：「我帶你瞭解一下我目前從事的工作。」

龍天心帶羅獵參觀之前先去換了身衣服，畢竟她這身裝扮是特地穿給羅獵看的。

乘坐高速電梯來到位於五十層的研發部，已經換上職業裝的龍天心向羅獵介紹道：「從五十層到七十層全都是我們的研七部，這裡也是我們獵風科技的核心所在，由我本人親自負責，我們的研發就是改良人類的基因，治癒絕症延長人類的壽命。」

羅獵對科技研究本身並無太多的興趣，但是他憑直覺認為龍天心的研究和當初黑堡的研究似乎有著一些類似之處，不同的是，前者為了治癒疾病改良基因和延長生命，而後者的研究方向也是改造人類身體，讓人的身體變得更加強悍，攻擊和防守力更強，經過改造可以擁有更強大的自癒能力。

羅獵想起龍玉在離開之前曾經給自己留下了黑堡的記憶，正是依靠她的提示自己才摧毀了黑堡這個邪惡之地，羅獵透過巨大的玻璃窗，看到裡面研究所內的科研人員來來往往地忙碌著，卻生出一種極其熟悉的感覺，他很快就明白這種感覺和他初到黑堡的時候有些類似。

這座子彈型的摩天大廈，代表著當今最先進科技的研發中心，難道是龍天心在新世界裡建起的另外一座黑堡？

羅獵道：「你的研究究竟是來自於你自己的天才發明，還是其他的啟示？」他並沒有說出黑日禁典這四個字。

龍天心明白羅獵的意思，如果說這個世界上還有一個人瞭解她，那個人只能是羅獵。

龍天心道：「你說呢？」

羅獵道：「我始終覺得世間萬物都有自己的規律，就算是人為的干預也要符合自然規律，你的這些研究成果……」

龍天心打斷了他的話道：「你懷疑我的動機，甚至你懷疑我在做和藤野家族同樣的事，在你眼中我從來都不是好人，我難道就是一個野心勃勃的女人？」

羅獵道：「我不瞭解你。」

龍天心道：「你知不知道這些年我們獵風科技的研究救了多少人，避免了多少悲劇發生？你知不知道這是多麼偉大的成果？你知不知道這是怎樣的功德？」

羅獵道：「凡事都有兩面性，饑寒交迫的普通百姓付不起你們高額的治療費，而能夠得到你們治療的大都是有錢有地位的人，而這些人中不乏為富不仁者的存在。」

龍天心歎了口氣道：「我發現我不是找保鏢，是找氣受！」她懶得跟羅獵繼續理論下去，可她也不得不承認羅獵說的都是事實，她開的是科技公司，而不是慈善機構，如果沒有盈利，她的公司又怎能發展壯大到如今的地步。

龍天心走了幾步又道：「我沒做過害人的事情。」其實她也省略了來到這個時代之後這半句話。

羅獵道：「水能載舟亦能覆舟，我並不是想評判你的行為，更不是想指責你，我總是覺得有些事並非是人力所能掌控的，就像藤野家族。」

龍天心道：「如果不是我給你指引，你以為你能夠將黑堡毀滅？那時世界就會陷入一片混亂之中。」

羅獵道：「你知不知道吞噬者的事情？」龍天心當然知道，她和自己一樣應當熟知黑日禁典的內容。

龍天心道：「吞噬者成不了大器，他們吞噬異能等同於器官移植，如果克制

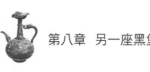

不了異能的反撲就會發生排斥反應，吞噬得越多，死得也就越快。」

羅獵道：「可有人控制住了這種反撲。」

「誰？」

「藤野晴子，她不但控制住了這種反撲，還帶我找到了九鼎。」

龍天心道：「她因何會知道九鼎的下落？」這句話問到了關鍵之處，羅獵沒有將母親的意識仍然存在於風九青腦域中的事情說出。龍玉公主曾經侵入過他的腦域，有些事只怕瞞她不過。

龍天心道：「你對這個時代還欠缺瞭解，不過很快你就會瞭解的，我們失去了過去的武力和能量，但是我們並未失去記憶和智慧，對我們而言，這已經是取之不竭用之不盡的財富。」

她帶著羅獵向前走去，輕聲道：「這是個和平的時代，沒有大規模的戰爭，各國之間的競爭從正面的戰火衝突演變成了經濟競爭，誰掌握經濟的話語權，誰就掌握了主動。」

羅獵道：「自古以來不都是這個樣子嗎？」

龍天心道：「不一樣，你所在的國家再次強大起來了。」

羅獵道：「改良基因，延長生命，無論哪一方面的成就都足以支持你成為世界首富。」

龍天心道：「木秀於林風必摧之，這雖然是個和平的年代，可是競爭卻絲毫不次於你過去生存的時代，只是從明刀明槍的明搶，變成了私下裡的角逐，為了利益可以不擇手段，我有太多事需要親力親為，稍有不慎就會被人出賣，在我的身邊並沒有真正可以信任的人。」

羅獵聽出龍天心對自己的暗示，他向前走了幾步，站在巨大的玻璃窗前，透過玻璃窗看到下面實驗室的隔離艙內，一名失去雙下肢的病患正躺在治療床上。

龍天心發送了指令，紅藍綠三種不同的柔和光束輪番發射，讓人歎為觀止的一幕出現了，那患者的雙下肢開始緩緩延長，缺如的肢體重新生長出來。

羅獵看了龍天心一眼，龍天心連這樣的具體治療都要親力親為？

龍天心道：「五百萬美金，只需要我下發指令，這個世界身體缺陷卻擁有巨額財富的人很多，對他們來說，用五百萬可以換取健全的肢體實在太划算了。」

羅獵道：「這種治療方法只有你才掌握？」

龍天心點了點頭，技術上的壟斷才能帶來巨額的回報。

羅獵道：「我記得化神激素也能夠達到同樣的效果。」

龍天心道：「你說得不錯，其實真正的治療在事先注射的藥物中。」她對羅獵倒是坦誠，因為她瞭解羅獵，知道自己瞞不過他，從剛才羅獵提起化神激素不難看出羅獵對治療本身產生了懷疑。

羅獵道：「現在的資料只是障眼法？」

龍天心莞爾笑道：「可以這麼說。」

羅獵道：「你不擔心化神激素的副作用？」

龍天心道：「經過改良的，他還要接受一天的控制治療，監測體內的激素水準回歸正常才能離開這裡。」

羅獵道：「連這你都懂？」

龍天心道：「不要以老眼光看人，我是正兒八經的生化學博士，你的畢業證只是偽造。」停頓了一下又補充道：「你所有的證件都是偽造的。」

羅獵道：「我可能會帶給你一些麻煩。」陸劍揚不會輕易放棄對他的追蹤，羅獵的所有證件都是陸劍揚幫忙安排，除非羅獵永遠和外界隔離，只要他出去動用銀行卡或證件，就可能被陸劍揚順藤摸瓜找到他的藏身之地。

龍天心道：「不用擔心，我已經讓駭客高手抹去了他們幫你製造的所有經歷，並重新改造了一份，所以你的證件正常使用，他們也很難查到，即便是查到，在法律上也毫無漏洞。」她看了羅獵一眼，意味深長道：「不過你不要以為這樣就能離開我，我能幫你就能制你，只要讓我發現你對我不利，我不介意送給你這位老朋友一個國家公敵的身分。」

羅獵道：「威脅我啊！」

此時那名患者已經完成了治療，甦醒之後，他在工作人員的幫助下顫巍巍下床，當他看到自己新生的下肢，感受到足底踩在微涼地面的真實之後，激動的大聲叫喊起來。

龍天心道：「他是一家跨國體育用品公司的老總，因車禍截肢，每年的收入在五千萬美金以上，我只收取他五百萬美金算不算多？」

羅獵搖了搖頭，對這樣的人這些錢的確算不上什麼。

龍天心又道：「失而復得的珍貴只有自己才能體會，所以為了保護他的這雙腿，他不介意每年拿出一百萬美金來對抗副作用。」

羅獵吃驚地望著龍天心，他還是低估了此女的貪婪。

龍天心道：「在治療之前我就沒否認過不良反應的存在，為了克服不良反應他每年還需進行一次後續治療，只需要過來半個小時，等於一次人體保養，一百萬美金，我還會額外贈送他一些其他的康復項目。」

羅獵道：「如果他還能活五十歲，那麼他還要給你送上五千萬美金？」

龍天心道：「你排除了通貨膨脹的因素，像這樣的病人全世界有很多，目前已經成為我們高端客戶的有一百人。」

羅獵心中盤算，如果按照這個人的價格來推算，不算初期治療費，單單是每年的後續治療費用，龍天心就能收入一億美金，這是何等驚人的暴利。

龍天心道：「他可算不上高端客戶，三千萬美金才是門檻。」

羅獵道：「這三千萬美金是購買平安嗎？」

龍天心點了點頭道：「我下一步將會推出生命銀行服務。」

「生命銀行？」

龍天心道：「把錢交給我，我付給他的利息是生命。」她望著下面那個因為康復而狂喜的患者：「假如他明天就要死了，我讓他拿出一年的利潤換取一年的生命，你說他願不願意？」

羅獵道：「應該沒有人會拒絕吧。」

龍天心道：「這個世界上的平均壽命雖然不斷增長，可是每個成功者都希望自己活得越久越好，你的那位老友麻雀，之所以能夠活到現在，並不是因為上天眷顧，也不是因為她的生命力旺盛，而是因為她年輕時曾經接受過某種藥物的治療，這種藥物和延長生命有關。」

羅獵道：「不可能吧。」在他的印象中麻雀好像並沒擁有任何異能，也沒有接受過藥物注射，如果硬要說她和異能有關，只能是她的父親麻博軒，麻博軒進入九幽秘境不慎受到了輻射，正是他的身體突變引起了日本間諜機構的重視，竊取他的血液研製出了化神激素。

而一百多年後的今天，和自己同樣來自二十世紀初的龍玉公主，開始利用她在那時掌握的知識換取驚人的財富。

龍天心道：「如果你和我聯手，這個世界上再沒有人能夠和我們抗衡。」

羅獵道：「你還是不改初衷，想要統治這個世界嗎？」

龍天心微笑道：「人生要是沒有目標，那活著該多麼無趣啊？」她的話音剛落，突然燈光熄滅了，短暫的黑暗之後，應急電源馬上啟動，整棟大廈重新恢復了光明，而此時一聲驚天動地的爆炸從下方傳來，整棟大樓劇烈搖晃起來，龍天心嬌呼一聲，身體失去平衡跌倒在了地上。

上方的燈管掉落下來，羅獵反應極快，撲向龍天心，用身體護住了她，燈管砸在羅獵的身上頓時粉碎。

龍天心花容失色，羅獵牽著她的手站了起來，此時前方三名機器人利用行動的滾輪向他們風馳電掣般移動過來，機器人可不是過來營救龍天心這位總裁的，它們雖然並沒有拿武器，可是每一個自重都要在二百斤以上，它們高速衝向龍天心，試圖用堅硬的金屬身軀對龍天心發動攻擊。

羅獵拉著龍天心兩人向前方跑去，雖然他們用盡全力奔跑，可是仍然比不上那三名機器人的速度，在機器人追上他們的時候，進入了拐彎處，機器人不得不來了個減速剎車。

羅獵從藏身處衝了出去，抬腳從側方踹在最靠近自己的機器人身上，他的這一腳側踹力量極大，將機器人踹得離地飛起撞在另外一名機器人的身上，兩名機器人劇烈衝撞在一起頓時變成了破銅爛鐵。

還有一名機器人轉動了一下半圓形的腦袋，加速向羅獵衝去。

龍天心打開消防栓，取出消防斧向羅獵扔了過去：「羅獵，接著！」

羅獵單手接住消防服，斧頭狠狠砸在那意圖攻擊他的機器人腦殼之上，電光四射，火星亂冒，走廊內彌散著一股電器短路的焦糊味道。這會兒功夫，整個走廊內都是煙霧。

龍天心拿出了兩個防煙霧面罩，其中一個遞給了羅獵，羅獵將面罩套在頭上。龍天心抬頭望去，發現頭頂的消防噴淋系統並沒有開始工作，心中不由得開始驚慌了。

龍天心打開自己的手機，進入大樓的智聯系統，爆炸發生在五層，而現在十樓以下都已經發生了火情，火勢正以驚人的速度向上蔓延著，麻煩的是，從五十層到六十層之間的消防系統全都出了問題，這一塊恰恰是獵風科技的核心區域。

就算消防噴淋系統能夠正常工作，他們也無法確保火勢不會繼續蔓延，龍天心短時間內做出了繼續向上的決定，樓頂有她的專用直升飛機，而且那個停機坪除了她自己以外，任何人都無法進入。

在目前的狀況下，他們不敢冒險乘坐電梯，只能先進入安全出口，然後步行從樓梯爬到九十九層，龍天心熟悉地形，她為羅獵引路，煙霧越來越濃，實驗室的人員也開始驚慌失措地衝向走廊。

他們即將來到安全出口的時候，前方的走廊上傳來電機轉動的聲音，卻是近二十名機器人排列著整齊的方隊，幾乎佔據了整個走道，它們以同樣的速度高速向逃生的人群撞擊碾壓過來。

羅獵對這些冷冰冰的機器原本就沒有太多好感，在他看來機器根本沒有任何的感情。

率先逃到安全出口前的那群人看到機器人衝了上來，慌忙掉頭向後逃，這下人群更是亂成一團，前方的知道發生了什麼，可後面的根本不知道發生了什麼狀況，因為方向相反，衝撞之後摔倒在地，排著整齊佇列的機器人向倒地的人們瘋狂衝撞碾壓，現場慘呼聲哀嚎聲不斷。

羅獵和龍天心也只能放棄從這邊的安全出口逃離，他們尋找下一個安全出口，前方又有一隊機器人高速衝來，羅獵大吼道：「藏在我身後。」他揚起消防斧向前方衝去，來到中途，手中的消防斧就貼著地面丟了出去，消防斧宛如風車般旋轉，命中了其中一個機器人用來行動的輪子，機器人失去平衡倒在了地上，後面排列成一隊的機器人因為撞擊在它的身上，接二連三地倒下。

羅獵和龍天心從機器人旁邊的縫隙中向安全出口逃去，後面還有兩名機器人未曾倒地，舉著兩條鐵臂向他們衝了上來，羅獵準備出手的時候，龍天心舉起鐳射槍，兩道粉紅色的灼熱光束射中了機器人的中樞控制單元，它們頓時變成了一堆廢鐵。

羅獵看了龍天心一眼，她剛才怎麼不出手？可現在這種危機狀況下也沒時間發問，抬腳踹開了一旁的安全門，步行樓梯通道內也都是煙霧。他們不敢耽擱，現在時間就是生命，越早抵達樓頂，他們脫困的可能也就越大。

危險面前人人平等，現在的龍天心也沒有了專屬通道，陸續有員工加入了他們的逃亡隊伍。誰也沒有留意到龍天心這位高高在上的董事長，每個人所關注的都是自己儘快逃離這座危在旦夕的大廈。

在他們爬到六十八層的時候，第二次爆炸發生了，這次的爆炸仍然來自下方，備用電力系統也遭到破壞，整個大樓陷入一片黑暗之中。龍天心低聲向羅獵道：「不用著急，很快就會恢復供電。」

樓梯上的人群發出哭喊哀嚎之聲，不過他們的聲音很快就被咳嗽聲取代，樓體內煙霧瀰漫，在這種時候，應該保持理智，盡可能地保存體力。

他們在抵達七十層的時候，備用電力重新恢復，光亮讓人們的情緒變得穩定了一些，超過七十層，大樓的噴淋系統就可以正常工作，眾人爭先恐後地向樓上繼續爬去。

龍天心卻沒有繼續前行，她向羅獵道：「跟我來。」

羅獵看到她從安全出口走入了七十層，趕緊跟了上來，向她道：「趕快走吧，一旦火勢蔓延上來，咱們要走就來不及了。」

龍天心冷靜道：「不能走，我必須將金庫銷毀。」她口中的金庫其實是一座冷庫，她在其中儲存了許多改良後的化神激素，這是一筆無法估量的財富，她能有今天全都依靠這些激素，雖然龍天心擁有激素的配方，但是她真正擔心的是激素外流，如果這些激素流通出去，並被人仿製，輕則損害她的利益，重則改變整個世界的格局。

龍天心其實在發現五十到七十層的消防系統被關閉就意識到了這一點，木秀於林風必摧之，她的迅速崛起一定引起了無數別有用心者的關注，危機其實早就存在，只是今天突然爆發。

羅獵發現自己真是夠倒楣，剛剛答應保鏢的工作，還沒有正式上任就遇到這麼大的麻煩事。

七十層的煙霧倒不算多，龍天心摘下面罩，呼吸了兩口。她向羅獵道：「金庫是唯一獨立於系統之外的系統，無法遙控操作，必須我親自手動操作。」

羅獵道：「你擔心有人想要盜取裡面的東西？」

龍天心道：「**這個世界上沒有絕對安全的系統**。」正是因為對智慧系統的不信任，所以龍天心才將重中之重的金庫獨立在外，而她的擔心顯然不是多餘的，今天的突發狀況證明這座號稱有全球最嚴格安保系統的大樓也不是無懈可擊。

他們已經來到了通往金庫的通道中，龍天心道：「幫我設計這座大廈和金庫的人都已經被我消除了關於這方面的記憶。」

羅獵道：「意料之外的事情實在太多，沒有人能夠掌控一切。」

前方有一名身穿白大褂的工作人員向這邊跑來，龍天心警惕地舉起槍，可馬上認出是七部的部門負責人，龍天心雖然沒有開槍，但是也沒有垂下槍口，大聲道：「文森，什麼事情？」

那名叫文森的男子指了指後方，他想說什麼，可是還沒有把話說完，一支消防斧就飛了過來，鋒利的斧刃劈砍在他的後腦上，文森趴倒在了地上，血跡和腦漿從他後腦湧了出來。

龍天心嚇了一跳，羅獵大吼道：「小心！」又有一支消防斧朝著龍天心飛了過來。

羅獵將龍天心推到一邊，身體後仰，看到一柄斧頭以驚人的速度貼著自己的鼻樑飛掠而過，羅獵也驚出了一身的冷汗。他看到一個赤身裸體的男人正沿著天花板迅速攀爬而來，那男子手足並用，重力對他似乎起不到任何的作用，有如一隻壁虎一般在天花板上疾速奔走。

龍天心認出這名男子正是剛才接受下肢再生治療的患者，她吃驚不小，這名患者在雙下肢再生之後本來應當接受一些後續監測治療，幫助他體內的激素水準回歸正常，可是因為遭遇襲擊導致整個大樓的系統出現了問題，他沒有進入監測流程，體內激素水準居高不下，所以導致他的身體在短時間內發生了變異。

男子暴吼一聲撲向羅獵，龍天心舉起鐳射槍接連射擊，男子行動速度奇快，他躲避著鐳射光束的同時改變目標向龍天心靠近，龍天心的接連發射還是射中了男子的右肩，可是男子的右肩受傷之後，卻以肉眼可見的速度迅速癒合。

羅獵對此已經是見怪不怪，可那是在過去，自從來到這個時代還是第一次看到這樣的狀況，羅獵從屍體的身上拔下消防斧，大步衝了過去。在對方抓住龍天心之前一斧將他的右手齊肘砍下，對方右臂的殘端血如泉湧，可是他斷裂的右臂也在以驚人的速度開始重生。

羅獵反手又是一斧頭，這一斧劈中了對方的脖子，將對方的脖子整個劈斷，那顆腦袋掉落在地上，宛如皮球一樣地滾走。無頭的屍體堅持向前走了兩步，然後重重跌倒在了地上，斷裂的腔子裡鮮血如同噴泉般噴了一地。

龍天心皺了皺眉頭，舉起鐳射槍瞄準屍體又開了兩槍，直到屍體徹底不動，這才垂下槍口。羅獵靜靜望著她，龍天心從他的目光中並沒有找到同情，只發現了一種早知如此何必當初的冷漠。

羅獵對這種局面早有預料，正如他所說，水能載舟亦能覆舟，做化神激素的生意，利潤固然可觀，但是風險極大，在治療的過程中一旦出現偏差，就會出現無法控制的局面，今天的事不是意外而是必然。

龍天心也沒有解釋，這種時候也沒時間解釋，目光在兩具屍體上掃了一眼，繼續向前方金庫走去。

羅獵和龍天心來到金庫的門前，金庫的大門需要龍天心多重認證方才能夠開啟，龍天心先是驗證了雙手的指紋，然後又進行了虹膜的驗證，最後輸入密碼，金庫的第一道大門方才打開。

龍天心接連打開了三道大門，進入了金庫的內部。羅獵意識到她冒險返回這裡絕不是要摧毀金庫，而是要將金庫裡面的化神激素帶走。

果不其然，龍天心打開內部的保險櫃之後，從裡面拎出一個銀色的合金保險箱，這其中保存著她提煉出的化神激素的母液，將母液拿出之後，龍天心方才啟動了金庫的自毀裝置，沒有被帶走的激素會全部銷毀。

龍天心打開秘密裝備倉庫，向羅獵道：「這裡有兩套戰甲，可以抵禦普通炮火的攻擊，你穿上之後，導師程式會很快教授你使用的方法。」

羅獵將戰甲穿上，戴上頭盔，龍天心那邊已經將摧毀裝置啟動，她穿上了另外一套戰甲，打開頭盔的對講裝置，向羅獵道：「外面已經有敵人潛入，如果我沒有猜錯，他們應當是為了化神激素而來。」她來到羅獵身後，直接將合金保險箱吸附在羅獵的背上。

羅獵歎了口氣道：「你是想讓我成為槍靶子啊。」匹夫無罪懷璧其罪，母液在自己的手上，自己自然而然成為了眾矢之的。

龍天心道：「職責所在，我雇你保護我，總不能我衝出去當靶子？」她扔給羅獵一柄鐳射衝鋒槍：「你也有武器。」

羅獵道：「隨便殺人總是不好吧。」

龍天心道：「迂腐，別人都殺到家門口了，不開槍難道坐著等死？」她拍了拍羅獵的肩膀，示意羅獵前方開路，羅獵也沒有了其他選擇，舉槍從原路返回。

龍天心從內部將三道大門逐一開啟，打開最外面那道門的時候，龍天心示意羅獵開火，兩人瞄準外面同時開火，兩道鐳射光束向外射去，外面潛伏的四名敵人被光束射中，摔倒在地上。

羅獵第一時間衝了出去，龍天心緊隨其後，羅獵舉起鐳射槍對準走廊內迎來的敵人接連開槍。龍天心在他身後掩護，對方雖然也是全副武裝，可他們所用的是常規武器，縱然有子彈擊中了羅獵，可羅獵的這身戰甲將子彈阻擋在外，並最大程度減輕子彈的撞擊。

他們清除了敵人，接近安全出口，準備沿著原路返回樓梯，再經由那裡前往九十九層。

羅獵從頭戴顯示器中卻聽到了報警聲，龍天心驚呼道：「趴下！」她伸出手臂壓著羅獵的脖子，兩人同時趴在了地上。

在玻璃幕牆的外面，六架翼展在一米左右的無人機一字排列，無人機攜帶的機槍同時發射，子彈將玻璃幕牆打出一個個大洞，無人機從玻璃幕牆的洞口中飛了進來，六架無人機織成的火力網向兩人覆蓋而來。對於這種配備強大穿甲火力的武器，他們可不敢直面衝鋒。

羅獵掩護龍天心向安全出口快速逃離，他們這邊剛逃入安全樓梯，無人機就已經全部進入了七十層走廊。

龍天心不忘檢查一下羅獵背後的箱子，羅獵暗忖，在她心中這箱子裡的東西要比自己的性命重要得多。突突突……一架無人機開始掃射安全出口的防火門。

羅獵道：「快走吧，再晚就來不及了。」

第九章

巨大的惡果

如果這種狀況一旦發生，世界將亂成一團。
歸根結底還都是龍天心惹下的禍端，
羅獵本以為化神激素的事情早已了結，
卻想不到在一百多年後的世界中
仍然會產生如此巨大的惡果。

龍天心點了點頭，他們兩人沿著樓梯向上爬，此時安全樓梯內已沒有其他人，剛才在他們進入金庫尋找母液的時候，員工大都已逃離了他們所在的樓層。

兩人來到七十五層的時候，龍天心抓住羅獵的手腕，示意他蹲下，羅獵剛剛蹲下，又一次爆炸發生了，這次爆炸點距離他們不遠，兩人因為這次爆炸而縮成一團，等到爆炸的餘波過去之後，方才繼續前進，龍天心告訴羅獵剛才的這次爆炸是因為她啟動了金庫的自毀裝置，雖然她已經將母液帶走，但是仍然不想任何東西落在外人之手。

接下來的這段路程還算順利，他們一口氣爬到了九十九層，天台上站滿了等待救援的員工。羅獵準備走上天台的時候，龍天心卻示意他向另外一邊走去，因為那裡有道密碼門，才是通往她專用停機坪的正確路線。

兩人來到密碼門前，龍天心打開了密碼門，有員工發現了這道門開啟，趕緊向這邊趕來，龍天心毫不猶豫地將門反鎖，羅獵道：「這麼對待自己的員工好嗎？」

龍天心道：「這架直升機只能帶走兩個人，如果放他們進來，誰都別想走。」她停頓了一下又道：「很快救援他們的飛機就會到達。」

龍天心遙控啟動了飛機，兩人快步向直升機走去，可是還沒等他們靠近那架飛機，六架無人機已經飛臨到直升機坪的上方，集中火力向直升機射擊，剛剛啟動的直升機被射中，蓬的一聲爆炸，現場火光沖天。

羅獵尋找掩護，舉槍擊中了一架無人機，龍天心配合他消滅剩下的五架無人機，她也意識到如果不把這些無人機消滅掉，兩人根本別想從這裡走出去。

此時遠方的空中傳來直升飛機的轟鳴聲，三架最新型號的武裝直升機組隊前來，它們輪番發射將空中的五架無人機盡數擊落，卻是特警部隊及時趕到。

龍天心鬆了口氣，輕聲道：「我們獲救了！」

龍天心從警局出來已經是深夜，羅獵在外面的保姆車內等著她，龍天心進入車內，律師也跟著鑽了進來，卻想不到這激起了她的憤怒，龍天心斥道：「你進來幹什麼？出去！」

律師訕訕道：「龍小姐，有幾點重要事項我還要交代，在這次恐襲結果沒有明朗之前，警方希望你暫時不要離開黃……」龍天心已經毫不客氣地關上了車門：「開車！」

司機啟動了汽車，龍天心有些疲倦地靠在座椅上，整個人放鬆下來如同陷入了沙發裡，她閉上雙目道：「廢物，全都是廢物，我每年交了那麼多的稅，需要他們保護的時候他們去了哪裡？現在出了事情不去抓賊，卻首先調查我，有沒有搞錯？」

羅獵向車窗外看了一眼，總部大廈的火仍然沒有熄滅，不過火勢已經開始減弱，天公作美，一個小時前又下起了雨，這對阻止火勢有著不小的作用。龍天心卻懶得看自己一手建立的大廈，黃浦的大廈雖然名為總部，卻不是獵風科技的真正核心。

羅獵道：「你好像並不心疼？」

龍天心道：「有什麼好心疼的，我買了足夠的保險！這大廈我不喜歡，舊的不去新的不來，應該心疼的是保險公司。」她睜開雙眼打量著羅獵。

羅獵道：「你看我幹什麼？」

龍天心道：「我發現你還真是一顆衰星啊，我公司成立了那麼多年沒出過事，怎麼你一來就出事。」

羅獵道：「你現在後悔還來得及，再說你是老闆，可以隨時把我辭掉啊。」

龍天心咬牙切齒道：「你覺得我不敢啊？」不等羅獵回答，她就說道：「我是不想，不是看中你的身手，把你辭了，連個能說真話的人都沒有了。」

羅獵望著龍天心，雖然他們在過去始終處在對立面，可是來到這個時代之後，他們似乎並無對抗的必要。自己最大的心願就是儘早返回過去，回到自己的家人身邊，而龍天心在如今的時代已經搖身一變成為了一位真正的成功女性，看得出她非常享受現有的生活。

羅獵道：「你的麻煩也不少，我正在考慮是不是要主動請辭。」

龍天心道：「你試著從這輛車裡走出去，馬上就會有員警找上你。」

羅獵道：「你又不是不知道，威脅對我向來沒什麼用處，你我之間的雇傭關係隨時可以解除。」

龍天心看到羅獵如此強硬，頓時軟化了下來，她柔聲道：「人家只是在跟你開玩笑，你可千萬不要當真，羅獵，我雖然雇傭你，可我沒有把你當成雇員的意思，我當你是朋友。」

羅獵受寵若驚，適時地從椅子旁邊拿出盛有母液的合金箱，提醒龍天心，在最危險的時候，讓自己背著箱子的人可就是她。

龍天心咬著嘴唇笑了起來，她拿起箱子，當著羅獵的面打開，然後轉了過去，讓羅獵看清裡面的東西，裡面居然空空如也。

羅獵道：「你是在利用我吸引注意力，真正的母液……一直都在你身上？」

龍天心笑道：「你真聰明，可惜還是有些後知後覺。」

羅獵道：「你好毒！」

龍天心道：「怪你自己笨。」

羅獵道：「你所謂的秘密看來也算不上什麼真正的秘密，今天入侵大廈的人顯然是有備而來。」

龍天心歎了口氣道：「總有意外，在研製的過程中，實驗室有人想要盜走化神激素，我在此前已經對種種狀況有了心理準備，也提前做出了應對的方案。我給參與核心試驗的人員都注射了另外一種藥物，如果他們自行注射化神激素，就會當場死亡，可有些事仍然防不勝防。」

羅獵道：「你是說有人仍然冒險注射了化神激素？」

龍天心點了點頭道：「他叫亨利，是一位在基因學方面的權威專家，履歷非常清白，我不知他為什麼要冒險這麼做，他將用來試驗的化神激素注射給了他自己，而且他沒有死亡，在我還未覺察到的時候，他就成功撤離。」

羅獵心中暗忖，龍天心並未從這件事上得到教訓，她仍然繼續著她的事業，是巨額的利潤驅使她這樣做，今天那名患者凶性大發，失去理智瘋狂攻擊，根本原因就是龍天心研製的化神激素存在很大的缺陷，她根本沒有徹底消除其中的副作用。

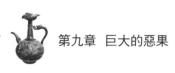

龍天心道：「我發現亨利注射了化神激素之後，馬上雇傭了頂尖的賞金殺手去對付他，如果不把他消滅掉，我的事業會遭遇很大的麻煩。」

羅獵道：「你應該考慮自己給人類帶來了多大的麻煩。」

龍天心道：「亨利的戰鬥力得到了增強，我派去的高手全部被他幹掉，他還得到了一個國際恐怖組織的支援，有了他們的幫助，這一年來他已經銷聲匿跡，我花費重金雇傭高手尋找他的下落，可是仍然沒有任何的消息。」

羅獵道：「你為什麼會懷疑今天的襲擊和他有關？」

龍天心道：「警方已經證實幾名死者的身分，他們都隸屬於這個名叫天蠍會的恐怖組織，而天蠍會正是給亨利提供庇護的人。」

羅獵歎了口氣道：「你的麻煩還真是不少。」

龍天心道：「欲帶皇冠必承其重！」

羅獵瞇起眼睛打量著她，這位龍玉公主該不會惦記著成為女皇吧？

龍天心道：「你不用這麼看著我，時代不同了，現在這個世界每個女人都把自己當成女皇！」

獵風科技總部被襲擊一事震動全球，就連很少關注新聞的麻雀也聽說了這件事，望著電視螢幕上濃煙滾滾的大廈，她不禁有些擔心，因為她知道羅獵已經前往龍天心那裡尋求幫助，希望他不會出事。

此時有人來訪，過來的是陸劍揚父子。

見到麻雀，陸劍揚叫了聲奶奶，而陸明翔則親切地稱她為老祖宗。

麻雀笑道：「你們爺倆兒倒是稀客。」

陸劍揚道：「這不是工作忙嘛，一有時間我們爺倆就來了。」

麻雀向陸明翔道：「明祥，你最近見燕兒了沒有？她回黃浦了。」

陸明翔面露尷尬之色，老太太還不知道他和麻燕兒分手的事情，當然他是被分手，可分手時麻燕兒特地警告他，不得將他們的事情告訴老太太，畢竟老太太一心想撮合他們兩個。

還是陸劍揚為兒子解圍道：「他最近都在執行任務，沒機會離開基地，和外界的任何聯繫都隔絕了，今天才開始放假。」

麻雀道：「感情是需要維繫的，聯繫太少那可不行，燕兒的身邊可不缺追求者，你要是不抓緊點，萬一被別人鑽了空子你後悔就晚了。」

陸明翔連連點頭。

陸劍揚笑道：「奶奶說得是，我現在反倒覺得過去父母之命媒妁之言的時代最好，只要長輩定下來就行，他們這些年輕人整天情情愛愛，可他們誰懂得真正的生活？」

麻雀道：「在我眼裡你也是個年輕人。」

陸劍揚道：「奶奶，我也不年輕了，再過三年就要退休了。」

麻雀道：「退下來好，省得你整天忙著工作，都不顧家的。」

陸劍揚聽出老太太又要教訓自己，趕緊岔開話題道：「國明不在啊？」

麻雀道：「生意人哪有閑下來的時候？跟你一樣，說是忙事業，根本不懂生活，更不知道人生的意義是什麼。」

陸劍揚帶來了兩盒好茶，讓兒子去泡茶給老太太嘗嘗。

麻雀故意望著電視畫面道：「獵風科技遭遇恐襲了？」

陸劍揚道：「和平年代，哪有那麼多的恐襲，目前還在調查中，不過獵風科技本身也存在許多可疑的地方。」

麻雀道：「哪裡可疑？」

事關機密，陸劍揚不能說太多，他又道：「對了，您上次托我的事情，那個人還有沒有跟您聯絡過？」

麻雀道：「哪件事情啊？」她活了一百多年，什麼陣仗沒見過，更何況陸劍揚這小子曾經在她身邊生活過幾年，她照顧過，雖然陸劍揚沉穩老道，可他有什麼心思仍然瞞不過老太太的眼睛。

陸劍揚笑道：「就是那個叫羅獵的人。」

麻雀道：「他啊，走了。」

陸劍揚道：「什麼時候走的？」

麻雀道：「陸劍揚！」

陸劍揚馬上坐得筆直：「在！」聽到老太太對自己直呼其名，就意識到她可能生氣了。

麻雀道：「誰讓你坐著了？」

陸劍揚趕緊站起身來。

陸明翔此時端著茶進來，看到眼前一幕被嚇了一跳，陸劍揚趕緊向他使眼色，示意他出去。

陸明翔知趣地退了出去，從外面將房門關上。

陸劍揚一動不動地站在麻雀面前：「奶奶，有什麼話您只管說。」

麻雀道：「我覺著你怎麼就突然來看我了，搞了半天是沒安好心啊。」

陸劍揚苦笑道：「奶奶，我什麼人您不知道啊？」

麻雀道：「我會害你嗎？我讓你幫我做壞事嗎？」

陸劍揚搖了搖頭道：「不會！」

他本來擔心羅獵向麻雀舉報自己將他帶走審查的事情，可看老太太的神情，又不像是知道這件事。

麻雀道：「你記住，這件事過去就過去了，你只當任何事都沒有發生過，如果你膽敢背著我去調查，休怪我跟你斷絕一切來往。」

陸劍揚暗自心驚，他知道老太太的脾氣，既然說得出就做得到，不過老太太目前應該不知道，如果她知道了，一開始就不會給自己好臉色。陸劍揚道：「奶奶，我記住了，您不說，我就不問。」

麻雀點了點頭道：「坐下吧。」

陸劍揚坐下正準備叫兒子進來送茶，可他的目光卻突然被電視上的畫面所吸引，麻雀也留意到了電視上的畫面，電視上正在播出龍天心從警局離開的場景，她拒絕一切採訪，幫著她開路的保鏢分明就是羅獵。

陸劍揚偷偷看了看麻雀，發現她的表情非常緊張。

陸劍揚道：「奶奶，您是不是有什麼事情瞞著我們，如果您有任何需要，我馬上去辦。」

麻雀搖了搖頭，低聲道：「我的事情你不要管，總之你記住，他是好人，我以我的人格擔保，他是好人！」

陸劍揚從未見老太太如此認真過，他趕緊勸慰道：「奶奶，您別生氣，我明白，我明白，我絕不會去主動調查他的事情，如果我得到了和他有關的任何消息，我會第一時間向您彙報。」

麻雀也意識到自己剛才的情緒有些過於激動，這下就算陸劍揚本來不懷疑現在也產生疑心了。

麻雀道：「劍揚，我希望你說到做到。」

陸劍揚回到基地，馬上換上衣服進入了解剖室，今天在大廈內發現的幾具屍體被送到了這裡，陸劍揚向負責解剖的那醫生道：「情況怎麼樣？」

那人道：「已經證實了幾個人的身分，都屬於天蠍會，不過這個人身分特殊，是安迪體育用品的總經理，襲擊發生的時候，他正在大廈內接受治療。根據資料顯示，他是雙下肢殘疾，而現在……」他掀起了白色無菌單，其實不用掀起，陸劍揚也能夠看出這具屍體的下肢是完整的。

陸劍揚看了看，留意到屍體缺少了右手和頭部，不過右腕的傷口明顯和正常傷口不同。

負責醫生道：「屍體接受了再生治療。」

陸劍揚道：「重點檢驗一下。」

那名負責解剖的醫生道：「主任，過去我們也曾經對接受過獵風科技治療的患者進行過採樣，可是並沒有發現什麼特別的地方。」

陸劍揚道：「過去是過去，這個人應該並沒有完成治療，所以更有價值。」

龍天心徹夜未眠，她走出客廳來到院子裡，看到客房的燈光還亮著，知道羅獵還未休息，於是她走了過去，敲響了羅獵的房門。羅獵來到門外，看到龍天心：「怎麼？你沒走啊？」龍天心此前說要走，不知怎麼至今仍然留在這裡。

龍天心鳳目圓睜：「你有沒有搞錯，這裡是我家啊！」

羅獵揉了揉脖子道：「你不是借給我了？」

龍天心道：「你也知道是借給你，下樓！」

「幹什麼？」

「陪我喝兩杯。」

羅獵看了看時間，已經是凌晨一點了，他打了個哈欠道：「我時差還沒倒過來呢。」

龍天心冷笑道：「倒個屁，你一百多年的時差倒得過來嗎？」

這下連羅獵自己都忍不住笑了，倒時差這理由對他雖然足夠充分，可卻禁不起推敲。

來到樓下，發現晝夜不息的機器管家居然不在，龍天心來到酒櫃前倒了杯白蘭地遞給了羅獵。

羅獵道：「這些事情不是有機器人幹嗎？」

龍天心道：「故意損我是吧，我現在已成驚弓之鳥，真是怕了這些所謂的人工智慧了。」

羅獵端起酒杯喝了一口道：「反正啊，我是信不過。」看到那瓶酒已經喝了大半瓶，羅獵猜到龍天心已經一個人獨飲了一段時間，輕聲道：「眼看著自己一手建立的公司毀於一旦，是不是心裡很不好受？」

龍天心道：「談不上什麼不好受，就是有種……」她想了想方才道：「有種山雨欲來風滿樓的感覺。」

羅獵道：「有些東西是不能碰的。」

龍天心道：「今天警方找我問話，我發現他們的重點關注不在這場襲擊。」

羅獵道：「這麼短的時間內，你創造了一個全球頂尖的科技公司，一個財富神話，不想被別人關注都難。」

龍天心抿了抿嘴唇道：「羅獵，我這次可能真的遇到了大麻煩。」

羅獵望著龍天心，他並不是同情龍天心，而是擔心化神激素擴散出去，如果龍天心指的是這件事，那麼麻煩真的大了。

龍天心道：「我收到了亨利的郵件。」

羅獵道：「他還敢找你？」

龍天心點了點頭道：「他已經研製出了化神激素，只是尚未完善，目前能夠做到的是增強人的戰鬥力和防禦力，卻無法控制因此帶來的副作用。」

羅獵道：「也許事態並沒有那麼嚴重，他故意欺騙你罷了。」

龍天心搖了搖頭：「我看過他傳送來的資料，他的確成功了。」

其實在得知龍天心利用化神激素牟取暴利的時候，羅獵就預感到早晚會因此而發生危機，只是他沒有想到危機到來得那麼快。羅獵道：「事已至此後悔也沒什麼用，除非你能找到逆轉時空的辦法。」

龍天心瞪了他一眼道：「誰說我後悔？逆轉時空？你腦裡就是這些東西。」

羅獵道：「是啊，我一心想著回去，就像你一心想著賺錢，我就不明白了，你賺這麼多錢有什麼用？」

龍天心道：「我不賺錢還能幹什麼？」

羅獵被她給問住了，是啊，她不賺錢還能幹什麼？總不能去想著爭權奪利，統治全球？龍玉公主是個有野心的人，她的野心總要找到釋放的地方。

龍天心道：「他們要脅我，如果我不把母液交出去，他們會對我曾經治療過的病人下手。」

羅獵道：「他要對他們不利？」

龍天心道：「他會給他們注射亨利所研製的化神激素，這些未經優化的化神激素會將這些人變成怪物。」

羅獵倒吸了一口冷氣，如果這種狀況一旦發生，這個世界將亂成一團。歸根結底還都是龍天心惹下的禍端，羅獵本以為化神激素的事情早已了結，卻想不到在一百多年後的世界中仍然會產生如此巨大的惡果。

龍天心道：「如果我出了事，你會不會救我？」她柔情脈脈地望著羅獵，此刻的她和顏天心簡直一般無二，羅獵不由得呆呆出神，他的目光又剛巧被龍天心捕捉住，羅獵有些尷尬地垂下目光。

龍天心笑道：「你會救我。」停頓一下又道：「不是救我，是救顏天心。」

羅獵道：「你這個人為達目的不擇手段。」

龍天心道：「每個人都是，只不過有些人隱藏得深一些，有些人更加坦蕩，如果給你一個機會，殺了我就能夠回到你過去的生活中去，你會不會這麼做？」

羅獵沒有回答，龍天心道：「你一定會做！你殺了我之後還會自我安慰，安慰你自己只不過是殺了一個壞人，一個本該死去的壞人對不對？」

羅獵將喝完的酒杯放下：「你這個人真是無理取鬧。」他準備上樓去休息，也好過聽龍天心在這裡不停地刺激自己。

龍天心道：「嗨！你一直沒告訴我，在我離開這幾年，你是不是結了婚？」

羅獵停下腳步，點了點頭道：「是，我結了婚，還有兩個可愛的孩子。」他說完就頭也不回地走上樓去。

龍天心抓起酒瓶倒了滿滿一杯，一仰頭喝了個乾乾淨淨。她抬起頭望著外面的庭院，不知這漫漫長夜何時才是盡頭？一個高大的身影突然出現在門外，極其突兀，毫無徵兆地出現在那裡，龍天心被嚇了一跳，她的手迅速落到了吧台下，握住手槍的同時，摁響了警報。

那名高大的男子站在玻璃門外，隔著玻璃望著龍天心，他通體漆黑如墨，只有一雙眼睛黑白分明，先是伸出右手平貼在玻璃上，然後又將左手放了上去，他的雙手很大，手指和手指之間連著蹼，手指也和正常人不同，關節和手指的末端就像是一個個的小球，摁在玻璃上，小球馬上被壓扁。

龍天心提醒自己，這間別墅的安防系統非常完善，就算是隔離那男子的玻璃門，也能夠抗擊子彈的射擊。

男子握緊了拳頭，比正常人大上一倍的拳頭重擊在玻璃門上，玻璃門帶動整棟小樓為之一震。

龍天心緩緩向後退去，那名男子的雙目突然變得赤紅，竟然從他的雙目中噴出兩道灼熱的光芒，他透露轉動，在玻璃門上劃出一道紅亮的軌跡，然後又是一拳砸了過去，蓬！一大塊圓形的玻璃被他砸得飛落出去，龍天心在同時舉起了鐳射槍，瞄準那男子接連發射，數道鐳射光束擊中了那名男子，在他的身上燒出幾個大洞，可是他的傷口隨即就開始迅速癒合。

龍天心一邊後退一邊大聲尖叫道：「羅獵！羅獵！救我！」

羅獵剛剛進入房間內，就被一股無形的力量擊中了腹部，他被打得從地上飛起，劇痛中仍然沒有看到任何的身影，他意識到擊中自己的是一隻拳頭，羅獵的後背撞在天花板上，然後又因重力而急劇下落，不等他落地，處於隱形中的敵人一腳掃在他的身上，羅獵尚未落地的身體又飛了出去，撞在衣櫥上，將衣櫥的門板撞開，半截身體趴在了裡面。

羅獵被撞得金星亂冒，他趴在衣櫥內一動不動。此時他聽到龍天心的呼救聲，看來龍天心也在同時遇到了危險，他的右腳一緊，應當是被一隻有力的大手抓住。

這隱身人準備將羅獵從衣櫥裡拖出來，羅獵卻在此時突然啟動了，他揚起手中的旅行袋，重擊在隱形人頭上，完全憑著直覺判斷，旅行袋本身不是什麼殺氣，可是旅行袋裡有一塊方方正正的頑鐵，就是陪同羅獵一起從過去穿越而來的紫府玉匣。

紫府玉匣砸在隱形人的腦袋上，發出一聲悶響，鮮血四濺，隱形人因為頭破血流的緣故開始現身，他的手提緊捂住了腦袋，血沾染到了腦袋上，這下他反倒暴露出更多的身體。

羅獵強忍疼痛，不敢有任何懈怠，揚起旅行袋又照著隱形人的腦袋狠狠砸了一記，對方的頭部在受到接連兩次重擊之後，再也無法承受得住，搖搖晃晃倒在了地上，隨著鮮血的不斷湧出，他的本來面目也開始漸漸顯現。

羅獵無法顧及他，因為客廳內傳來激烈的交戰聲。

龍天心驚慌失措，她的鐳射槍根本起不到任何的作用，那渾身黝黑的怪人一步步走向龍天心，突然一隻盤子飛了過來砸在怪人的臉上，怪人腦袋晃了一下，轉身望去，又是一把菜刀飛了過來，他不閃不避，任憑菜刀砍在自己的身上，菜刀砍中他的左肩，入肉甚深，可怪人卻似乎毫無痛覺，他拔掉菜刀，看到向自己投擲東西的是剛才處於休眠狀態的機器管家。

龍天心在逃跑的過程中喚醒了機器管家，讓它進入了保護主人的模式。

黑色怪人沒有理會機器管家的干擾，繼續向龍天心走去，機械管家身下獨輪飛速轉動，瞬間達到最高的速度，全速向黑色怪人衝了過去，它要用身體作為武器將黑色怪人撞翻在地。

黑色怪人看都沒有看它，在機器管家即將靠近自己的時候，揚手就是一拳，將這如同圓筒一樣的機械管家打得原地轉了幾個圈，呯的一聲摔倒在了地上，半圓形的腦袋電火花不斷冒出。

龍天心看到眼前一幕唯有感歎，機器終究還是不如人可靠，這座別墅的警報系統一定在事先就遭遇了破壞，不然沒可能被人如此輕易潛入。龍天心一邊後退一邊向黑色怪人開槍，眼看著他越來越近，心中唯有期盼著羅獵儘快到來。

黑色怪人伸出手去，準備抓住龍天心的脖子，可他的手在距離龍天心還有一寸左右的時候，腦後突然遭遇了重擊，黑色怪人摸了摸後腦勺，馬上又遭遇到再一次重擊。

黑色怪人跌倒在了地上，腦後鮮血汩汩流出。

龍天心這才看到了出現在怪人身後的羅獵，他的手中拿著旅行袋，旅行袋上已經染滿了鮮血，龍天心幾乎不能相信自己的眼睛，連鐳射槍都對付不了的怪人，居然被羅獵用旅行袋給打暈在地？袋子裡一定有東西。

留給龍天心用來盤算的時間不長，因為外面傳來了警笛聲，別墅上方的天空中也傳來直升機的轟鳴，是她剛剛報了警，員警在接到報警之後馬上集結人馬趕了過來。

龍天心看到那黑色怪人膚色也開始漸漸變白，當他恢復到原來的面貌，龍天心認出此人叫徐得壽，也是她過去治療過的客戶，龍天心頓時意識到不妙，羅獵提醒她道：「上面還躺著一個。」

龍天心趕緊來到樓上，兩人都已經斷氣，全都是被羅獵用旅行袋給砸死的，龍天心對羅獵的旅行袋充滿了好奇，可現在卻沒有給她足夠的時間去打破砂鍋問到底，因為員警的大部隊已經進入了房間內。

員警看到現場的情況也是吃了一驚，因為所有人都知道龍天心的別墅安保是世界最頂級的，這兩個人輕易就闖進了她的家裡，龍天心並未暴露兩人的身分，更沒有提起他們剛才是以怎樣的身體形態進入到自己的家裡。

員警調取監控的時候發現，這段時間的監控完全空白，在兩名侵入者進入別墅之前，連監控也失靈。

法醫初步鑒定這兩人都是頭部受到重擊而死，羅獵對自己剛才的行為進行了說明，龍天心也總算得以知道，羅獵的旅行袋裡，裝著一個四四方方的鐵塊，剛才他就是用這個鐵塊砸死了兩名異能者。

員警將旅行袋和鐵塊作為證物全都收走，在經歷了一夜的調查之後，警方決定將這裡暫時封閉，而龍天心和羅獵在做出暫時不會離開黃浦的保證後，方才由律師陪同，將他們送到了龍天心位於浦江旁邊的物業。

這幢小樓堪稱古董，羅獵記得舊時的黃浦這座小樓就存在，當時是一個法國商人所有，這座小樓的外觀和陳設還是按照過去舊時的模樣，羅獵來到二層的露台，從這裡望去，剛好可以看到浦江，而對面恰恰是過去虞浦碼頭所在的地方，現在的虞浦碼頭已經改成了遊艇碼頭，羅獵站在露台望著這座曾經屬於自己的物業，卻想起了當時虞浦碼頭的下面別有洞天，他和吳傑正是從虞浦碼頭下方找到了那塊紫府玉匣。

羅獵從口袋中取出一個鐵塊，剛才交給員警的鐵塊並不是紫府玉匣，而是羅獵事先仿照的替代品。他做事周到，極有遠見。雖然這紫府玉匣從一出水就失去了光澤，可羅獵卻認為它不是凡品，不然也不可能陪著自己穿越漫長時空來到而今的時代。

兩名擁有極強自癒能力的異能者都被羅獵用紫府玉匣給砸死，就證明它的威力和價值。

羅獵來到樓下，看到龍天心剛洗完澡，呆呆坐在沙發上，周圍員警佈置了不少人手，龍天心已成為警方的重點保護對象，龍天心道：「我好像被軟禁了。」

羅獵糾正道：「是我們！」

龍天心道：「他們很快就會查出那兩人的身分，而且我擔心他們會對那兩人進行全面的檢查，化神激素的事情可能瞞不過去了。」她向羅獵道：「此事和我無關，我是為了救人，而他們是為了殺人。」

羅獵道：「可追根溯源，還是會查到你的身上。」

龍天心沉默了下去，過了好一會兒她方才道：「我們要設法離開。」

羅獵從她的話中已經察覺到龍天心的處境非常艱難，如果證實這兩名異能者和龍天心的治療有關，那麼所有的焦點都將集中在她的身上。羅獵道：「也許事情不會那麼壞。」

龍天心道：「會越來越壞，你究竟是用什麼打死了他們？」

羅獵道：「鐵塊！」

龍天心的臉上寫滿了不能置信，她才不會相信羅獵的話：「你騙得過別人，騙不過我，裡面裝著地玄晶是不是？」

羅獵本以為她猜到了奧妙，可聽她這麼說才放下心來，地玄晶的確可以克制那些變種人，但是他從來到這個時代之後還沒有見過，羅獵道：「我也在尋找地玄晶，如果事情真像你所說，狀況會越變越差，我們需要儘快找到一些克制這些變種人的武器。」

龍天心道：「這裡沒有，有個地方。」她站起身，來到窗前，拉開窗簾，向外望去，看到有兩輛車分隔一段距離停在自己的門外，其實後面也是一樣，這裡已經被警方嚴密監控起來了。

龍天心道：「其實就算找到地玄晶也沒有太大的作用，以我們現在的能力也不能使武器發揮最大的能力。我們的能量在時空穿梭的過程中大打折扣，這些年我一直在尋找恢復能量的辦法，可是始終沒有什麼進展。」

羅獵道：「你的膽子真的很大，在沒有找到克制化神激素的辦法之前，你竟然敢用於人體。」

龍天心道：「我本以為自己可以控制住。」

「現實又怎樣？」

龍天心無言以對，現實給了她一個深刻的教訓，接連發生的事情讓她有種大廈將傾的感覺。龍天心道：「那兩名死者會成為他們對付我的理由，保險公司不會甘心付給我那筆天價賠償金的，他們會想方設法推卸責任，甚至不惜將我送進監獄。」

羅獵道：「你還是沒搞清楚，不是別人要針對你，是你自己惹下的麻煩。」

龍天心怒道：「在你眼中我什麼都不對，我一無是處，既然如此，我也不稀罕你管我，不稀罕你幫我！」

羅獵沒有搭理她，轉身向樓上走去，龍天心怒道：「你給我站住，我還沒說完！」羅獵認為自己沒有聽她發牢騷的心情，更沒有聽她發牢騷的義務。

陸劍揚看完屍檢報告，臉色變得越發凝重了：「殺死他們的是什麼武器？」

助手指了指一旁方方正正的鐵塊。

陸劍揚道：「檢測過成分沒有？」

「檢測過了，就是普通的鐵塊！」

陸劍揚拿起鐵塊托在手中看了看，端詳了好一會兒方才道：「你是說，羅獵就是用這個鐵塊砸死了這兩個人？」

「根據警方的調查報告，當時的情況應該就是這個樣子，現在初步能夠判斷羅獵應當是正當防衛，很大可能會免於起訴。」

陸劍揚道：「死去的兩個人可不一般，他們全都接受過獵風科技的治療。」

助手笑道：「從某種意義上來說，更像是一場醫患矛盾。」

陸劍揚道：「可不是普通的醫患矛盾，這兩個人都是有身分有地位的有錢人，他們就算是對龍天心懷有不滿，也不至於要親自動手。」

助手道：「正在化驗他們的血液，和此前死者的比對也在進行中。」

陸劍揚點了點頭道：「龍天心人在什麼地方？」

助手道：「浦江的一棟古董別墅裡面，她的保鏢也和她在一起，目前警方已經在周圍密切監控。」

陸劍揚道：「和警方溝通一下，我準備和她當面談談。」

羅獵並不是第一次見到陸劍揚，雖然陸劍揚此行的目的是來找龍天心，可羅獵總覺得跟自己也有些關係，陸劍揚自從進門後彷彿不認識羅獵一樣，對此前和羅獵見面的經歷隻字不提，他在龍天心的對面坐下。

羅獵站在遠處，靜靜望著這邊的狀況。

龍天心和陸劍揚過去就認識，作為一個高科技公司的負責人是不可能不和國家科學院這種機構打交道的，龍天心微笑道：「我以為自己是應當和員警打交道，陸主任，您怎麼會想起找我？」

陸劍揚開門見山道：「本來我和這件事是扯不上任何關係的，可是警方在屍檢的過程中發現了一些異常的狀況，所以請求我們協助，所以我們才介入了這件事。根據警方提供的情況，這兩名死者都曾經是貴公司的重點客戶，他們也都接受過基因治療。」

龍天心點了點頭，在這件事上她無法否認。

陸劍揚道：「我們初步檢測已經有了結果，這兩人的身體內部構造都發生了變異，他們擁有很強的自我癒合能力，我們有理由相信，貴公司的治療造成了這些改變。」

龍天心道：「陸主任的這句話未免有些武斷，我們公司的基因療法是經過相關機構認證並得到允許的，而他們在接受治療之後，也進行過權威機構的身體檢查，證明他們的身體並沒有受到任何損害，如果陸主任需要，我可以提供給你相關的證明文件。至於他們因何會狂性大發潛入我的住處對我發起攻擊，也許他們服用了其他的藥物，又或者進行過其他的治療，在缺少證據的前提下，陸主任好像不應該把這些事情算在我的頭上吧？」

陸劍揚笑了笑，他的目光投向遠處的羅獵：「那位先生就是您的保鏢吧？」

龍天心道：「陸主任好眼力。」

陸劍揚道：「方便跟他聊兩句嗎？」

龍天心做了個請便的手勢，可內心卻無比警惕。

羅獵來到陸劍揚的面前，龍天心拍了拍身邊的沙發道：「坐下說。」

羅獵在龍天心身邊坐了下來，龍天心起身親自去給羅獵沖了杯咖啡，以此無聲地向陸劍揚表示自己對羅獵的不同。龍天心對陸劍揚其人算是有些瞭解的，此人心機深沉，向來不打無把握之仗，雖然他的頭銜只是國家科學院某部門的主任，但是真實的權力很大。

陸劍揚道：「那兩名潛入者都是死在羅先生的手下？」

羅獵點了點頭道：「不錯，保護雇主是我的職責，在當時那種情況下我沒有選擇。」

陸劍揚笑道：「羅先生不要誤會，我不是員警，您的行為究竟是什麼性質我無權判斷，我只是想瞭解一下當時您看到的情況，這兩人闖入後具體的行為。」

羅獵道：「當時情況太緊急，我能夠確認的就是他們的力氣很大，超出常人許多倍。」

陸劍揚道：「應該有人開過槍，我在其中一人的身上發現了尚未癒合的傷口。」

「我開的槍！」龍天心主動承認道。

陸劍揚微笑道：「有件事我不明白，為什麼他們受了槍擊仍然可以在短時間內自癒，可被一塊普通得不能再普通的鐵塊砸中之後卻死亡？」

羅獵平靜道：「這個世界上有著太多讓人費解的難題，這不正是陸主任需要做的工作嗎？希望陸主任能夠早點查出其中原因，到時候別忘了通知我一聲。」

陸劍揚笑道：「一定！」他起身告辭離去。

龍天心等到他離去之後向羅獵道：「看來事情不妙啊！」

羅獵道：「你擔心什麼？」

龍天心道：「我在擔心你，搞不好你會被定性為防衛過當。」

羅獵道：「你不是有世界上最好的律師團，這一點好像不用我擔心。」他打了個哈欠道：「累了，我去補個覺，吃飯的時候別忘了叫我。」

龍天心愕然道：「有沒有搞錯？你當我是你傭人啊？」

陸劍揚離開之後，他接到了麻國明的電話，麻國明邀請他中午一起共進午餐，陸劍揚本來還有許多事情，可麻國明務必要跟他見上一面，陸劍揚只好將其他的事情先推了，來到麻國明的公司。

麻國明是做房地產起家的傳統商人，最近對新科技也有所涉獵，不過他經商如同他的做人，過於求穩，所以也錯失了被稱為新浪潮發展的機會，被一些新興的科技大亨超越，要知道麻國明在十五年前曾連續五年坐在亞洲首富的位置上。

陸劍揚和麻國明從小就是好朋友，這和陸劍揚在麻國明家的一段生活經歷有關，他們兩人的友情親如兄弟，數十年不變。

麻國明生活非常簡樸，請陸劍揚吃飯也是在他的公司總部餐廳，陸劍揚忍不住抱怨起來：「我說國明，你也太摳了，都上千億的身家，請我吃飯也不選個高檔點的地方？」

麻國明道：「是我摳門還是你挑剔？不是什麼人都能在我公司吃飯的，你看看，我特地給你準備了大黃魚、土雞還有紅燒土豬肉，這可都是你最喜歡吃的。

茅台酒！窖藏二十年的，你以為人人都有你這待遇，不過你是國家公職人員，按照規定，中午不能喝酒。」

陸劍揚道：「誰說我中午不能喝酒，我今兒休息，拿來，拿來！」

麻國明一臉不情願地讓人把他的茅台拿了出來。

陸劍揚看到杯中漂起的酒花，這才滿意地點了點頭道：「算你還有點心。」

麻國明笑了起來，端起酒杯跟陸劍揚碰了一杯，兩兄弟同時吱兒了一聲，然後喝了個乾乾淨淨。

麻國明道：「打小就是個酒鬼。」

「還說我，我喝酒不是你教的？」陸劍揚抗議道。

麻國明道：「我今兒找你過來可不是單純吃飯啊。」

陸劍揚道：「就知道沒好事，你說。」

麻國明道：「是咱們孩子的事，燕兒跟明翔分手了你知道不？」

陸劍揚點了點頭道：「才聽說的事，不過孩子們分分合合是常有的事，咱們也別太當真，更不能因為這事紅臉吧。」

麻國明道：「屁話，你什麼意思啊？」

陸劍揚道：「我還能有什麼意思？我喜歡燕兒，巴不得她早點進門給我當兒媳婦，可我那個兒子情商太低，不懂得哄女孩子，我都說他了，讓他抓緊找你閨女說幾句軟話，女孩子哪個不需要哄？」

麻國明道：「還有一件事啊，自從你們爺倆兒見過老太太，她可就變得心神不寧的，你都跟老太太說什麼了？」

陸劍揚道：「這事可不能怪我，國明，其實我也正想說這事來著，你記不記得前兩天老太太找咱們的事情？」

麻國明道：「不是你辦了嗎？我沒留意啊。」

陸劍揚指點著麻國明道：「你除了留意錢，其他的事情都不關注。」

麻國明道：「什麼話啊，我不如你清高，也不如你事業做得那麼好。」

「挖苦我，少來，老太太找我辦件事，我總擔心有人想要利用她老人家。」

麻國明道：「多慮了吧你，老太太什麼人啊？她活了這麼大年紀，什麼人沒見過？是不是騙子她一眼就知道。」

陸劍揚道：「這個人叫羅獵，是燕兒在西海附近遇到的，沒有身分，沒有來歷，老太太找我給他辦了套合法的身分，不然這個人哪兒都去不了。」他隨身帶著羅獵的資料，將資料遞給了麻國明。

麻國明看了看，眉頭也不禁皺了起來：「這麼年輕，按理說老太太沒有這樣的朋友，難道是某位故友的後人？」

陸劍揚道：「不排除這個可能，但是這個羅獵可能意識到我要查他，所以離開了，我本以為他會遠走，可很快發現他去了獵風科技，搖身一變成為了龍天心的保鏢。」

麻國明道：「難道他們一早就認識？」

陸劍揚道：「我剛剛去見過他們，從現場的情況來看，他們之間非常默契，絕不是普通的雇傭關係。」

麻國明道：「你應該去當員警。」

陸劍揚沒有理會老友的揶揄，繼續道：「自從這個羅獵成為龍天心的保鏢，龍天心就接連出事，先是公司總部遭遇襲擊，昨晚又在住處被兩人追殺。」

麻國明道：「如此說來這個羅獵是個災星。」

陸劍揚道：「追殺她的人是異能者。」

麻國明愣了一下，異能者還是他們小時候老太太給他們講過的故事，當時他們對故事非常著迷，還專門討論過異能者是否存在。

陸劍揚道：「你一定記得老太太跟我們講過的故事吧，那些異能者擁有超強的攻防能力，他們不怕子彈，受傷後可以迅速自癒，甚至生有鱗甲。」

麻國明道：「那些不是故事嗎？」

陸劍揚道：「昨晚追殺龍天心的兩個人就是這樣的異能者，還有，在獵風科技總部發現了一人的屍體也是異能者，你知不知道昨晚的兩個異能者死在了誰的手裡？」

麻國明低聲道：「羅獵？」

陸劍揚點了點頭道：「他用一個鐵塊就砸死了兩名異能者，而這些異能者全都接受過龍天心的基因治療，我懷疑，龍天心和她的獵風科技正在進行一項反人類的研究，如果此事一旦成功，整個世界都將陷入一場空前的危機。」

麻國明道：「我也不瞞你，是老太太讓我找你吃飯的，她想打聽一下獵風科技的真實情況。」

陸劍揚歎了口氣，兩人交遞了一個眼神，心中都明白，老太太真正關心的是羅獵的狀況，陸劍揚道：「老太太有事情瞞著咱們呢。」

麻國明道：「不如你再去跟她當面談談，如果這個羅獵當真是個犯罪分子，我們可能都要受到他的牽連。」

陸劍揚道：「你是擔心這事情如果洩露出去對你公司的股價會有影響吧。」

麻國明喝了口酒道：「不僅這樣，我不想奶奶擔心，對我而言錢就是個數字，生不帶來死不帶去，我也為你擔心，畢竟羅獵的身分是你幫忙解決的。」

陸劍揚將杯中酒飲盡道：「我幫他製造的履歷和記錄已經被人完全更改了，我甚至從網路上查不到他的資料，應該是龍天心幫他做了這件事。」

麻國明道：「那就更證明他們兩人的關係非同一般。」

陸劍揚道：「如果我的猜測不幸被證實了，這個羅獵會成為國家公敵。」

麻國明道：「老太太很看重這個人，我看她應當不會坐視不理，本來她都要返回西海度假，可突然又改變了主意。」

陸劍揚道：「老太太有事情瞞著咱們呢。」

第十章

信任

麻雀道：「如果說這世界還有一個人值得我信任，那就是他！」
陸劍揚心中一震，老太太等於回答了他的問題，
而且明確地告訴他，就算是他們也不如羅獵更值得她去信任，
這個羅獵到底和老太太是什麼關係？

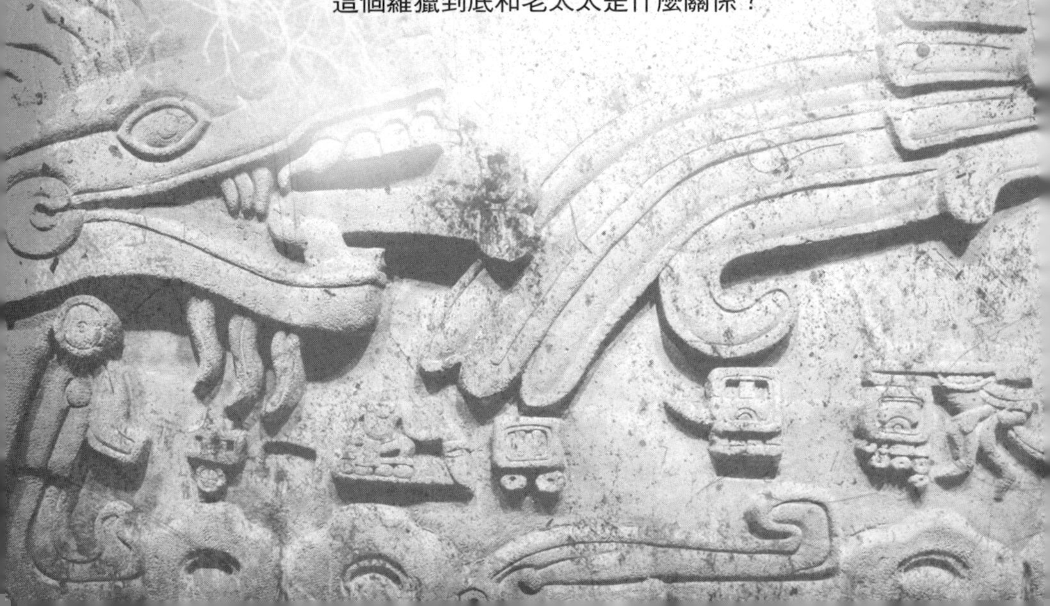

傍晚的時候，羅獵才下樓，龍天心仍然坐在原來的位置，她的表情非常凝重，從目前得到的情況來看，她的處境不妙，她準備叫律師過來的時候，發現甚至聯手機信號都被掩蓋，也就是說她和羅獵已經被徹底軟禁起來了。

羅獵道：「好餓啊！」

龍天心道：「我都忘了做飯的事。」轉身看了看羅獵道：「我也不會做！」

羅獵苦笑著搖了搖頭：「您是金枝玉葉。」他去了廚房，還好廚房內有些吃的，羅獵下了兩碗麵，叫龍天心過來一起吃。

羅獵做的陽春麵不錯，可龍天心卻沒有吃飯的心情，吃了兩口就停了下來。

羅獵向她道：「怎麼不吃啊？是不是擔心我給你下藥啊？」

龍天心冷冷望著他：「一點都不好笑！」

羅獵懶得理她，大口將自己的那碗麵吃了，然後道：「吃完把碗洗了。」

龍天心怒道：「你真當我傭人啊？」

羅獵道：「憑什麼我就得伺候你啊？」

龍天心咬牙切齒道：「羅獵，如果在過去，我早就殺了你。」

羅獵道：「謝謝手下留情，要不咱們現在就回去，讓我看你怎麼殺了我。」

龍天心卻突然又笑了起來：「激將法，想讓我幫你回去？我偏不上當，你就做好老死在這裡的準備，姓羅的，你這輩子都別想再跟你老婆孩子見面。」

羅獵道：「別吃我下的麵！」

龍天心道：「我偏要吃，只要我有一口氣在，你休想把這碗麵奪走。」

羅獵才不會當真去奪她的那碗麵，可龍天心卻真的把那碗麵吃了個乾乾淨淨，平心而論，味道不錯，感覺這碗麵比在米其林三星的酒店吃得還要過癮，龍天心認為，這和羅獵的廚藝無關，主要是因為自己餓了的緣故。她本想丟下碗筷就走，可起身之後卻又改變了主意，只有兩個人時當女強人好像沒什麼必要。

龍天心主動洗了碗筷，發現這房間的陳設太過簡陋了，甚至連一台洗碗機都沒有。

羅獵站在窗前望著外面，夜幕降臨，外面停著的兩輛車還沒走，在道路的對面售貨亭內仍然燈火通，售貨員似乎也換過了。羅獵觀察了一會兒，發現售貨員每隔一段時間都會向這邊張望幾眼，由此判斷對方應該是警方人員。

龍天心來到羅獵身邊：「看什麼？」

羅獵道：「咱們已經被密切監控起來了。」

龍天心道：「他們已經切斷了我們和外界的聯繫。」

羅獵道：「看來你已經被列為嫌疑犯了。」

龍天心道：「不是我是我們，而且你的嫌疑更大一些。」

羅獵道：「我只是你的雇員。」

「別急著撇開關係，羅獵，所有的麻煩都是從你來之後才發生的。」

羅獵道：「如此說來是我的原因了？」

龍天心道：「除了我知道跟你沒關係，別人誰會那麼認為。」

羅獵道：「聽上去你還是在威脅我。」

龍天心道：「不是威脅，是事實，如果你不幫我，我就會製造出一些新的異能者和天蠍會對抗。」

羅獵道：「還在威脅我！」

龍天心道：「那就談條件，你幫我解決眼前的麻煩，我幫你回去。」

羅獵靜靜望著龍天心，他無法判斷龍天心的話究竟有幾分真誠，可他之所以選擇接近龍天心為的就是這件事，龍天心雖然喪失了能量，可是她並未喪失記憶，只要她肯幫助自己，就應該可以做到。

羅獵道：「你準備怎麼辦？」

龍天心小聲道：「先離開這裡再說。」

羅獵道：「在他們的監視下離開？」

龍天心道：「總有機會，你不是懂得催眠嗎？」她環視了周圍一眼，低聲道：「如果這裡失火了，你猜他們會不會過來幫忙？」

羅獵望著龍天心，此女詭計多端，連放火燒自己房子的招數都想出來了，不過這個方法倒是吸引警方注意力的妙計，只有製造混亂，他們才有機會離開。龍天心以這種方式離開就證明她發現目前的局勢不容樂觀了，如果繼續留在這裡，很可能會被徹底控制起來。自從陸劍揚出現之後，就給她敲響了警鐘，她意識到已經引起了太多的關注。

龍天心道：「你知不知道，陸劍揚是陸威霖的後人？」

羅獵點了點頭。

龍天心道：「被老友的孫子盯上是什麼感覺？」

羅獵道：「沒什麼感覺。」

「真的？」

羅獵道：「當然是真的。」

最先發現小樓失火的是對面的售貨亭，緊接著埋伏在周圍的所有員警都開始出動了，羅獵護著龍天心從裡面逃了出來，馬上有員警將他們帶到了安全的地方，羅獵向那名員警道：「我好像見過你。」

那名員警看了看羅獵，頓時陷入了迷惘之中，羅獵道：「你的車在什麼地方？」員警指了指前方，羅獵道：「把車開來！」

已經陷入催眠狀態的員警就像個聽話的孩子，馬上去開車，羅獵和龍天心上了他的車，當其他員警發現這邊的狀況有些不對的時候，那名員警已經驅車帶著羅獵兩人消失在車流之中。

謹慎起見，他們在遠離小樓之後馬上就下了車，龍天心叫了輛出租車，然後讓計程車司機將他們送到她位於黃浦郊外的別墅，這座別墅登記在別人的名下，相信警方應該沒那麼容易找到。

司機將他們送到指定地點，龍天心打開大門，向羅獵要來手機，將他們的手機全都銷毀。別墅的後院機庫內有一架飛機，這架小型飛機體積雖然不大，可是卻擁有當今的最新科技。

龍天心先去別墅內取了需要帶走的東西，然後和羅獵來到飛機上開動飛機，羅獵看到這飛機的雙翼很短，心中有些納悶不知這玩意兒待會兒怎麼飛上天空，而且機庫外只有一條二十米的跑道，按理說這樣的長度是無法提供足夠的起飛距離的。

飛機來到外面折疊的機翼緩緩舒展開來，然後底部的四個引擎同時工作，原來這飛機不需要助跑，而是直接垂直上升的。

龍天心在飛機爬升到一定的高度後終於鬆了口氣，她將飛行模式切換到自動，解開髮辮，靠在飛行座椅上，輕聲道：「好險！」

羅獵道：「你的意思是咱們從現在起就變成了逃犯？」

龍天心道：「不想當逃犯就當囚犯。」

羅獵道：「咱們好像沒犯罪啊？」

龍天心道：「跟誰去解釋啊？解釋得清嗎？亨利那個王八蛋一定在我的客戶身上動了手腳，你看著吧，我的那些客戶會一個接著一個出事，他還會把所有的責任都推到我身上。」

羅獵道：「他這麼做的目的就是讓你交出母液。」

龍天心搖了搖頭道：「我才不會交給他，就算是毀掉我也不會給他們，什麼天蠍會？換成以前我馬上滅了他們。」她鳳目圓睜，迸射出凜冽殺機。

羅獵卻懶洋洋歎了口氣道：「可惜不是以前。」

龍天心怒道：「你嘲笑我？」

羅獵道：「沒有！」

龍天心道：「我會證明給你看。」

羅獵道：「我相信你的決心，可現實是我們變成了逃犯，更不幸的你我現在的能力加起來都打不過一個普通的異能者。」

龍天心道：「想恢復能量還不好辦，我幫你打一針，馬上讓你變成這個世界上頂級的強者。」

羅獵道：「留著你自己用吧，我才不想變成人不人鬼不鬼的怪物。」

龍天心道：「咱們去找地玄晶，先把武器搞定，再出來對付這些混蛋。」

羅獵道：「去哪裡找地玄晶？」

龍天心道：「蒼白山！」

如今的蒼白山和過去已經有了很大的不同，如果不是龍天心介紹，羅獵都不知道這裡已經成為了國內著名的景區，因為是夏季，這邊避暑的人不少，過去黑虎嶺已經變成了野生動物園，凌天堡也成了革命教育基地。

龍天心將飛機停在一個寂靜無人的深谷，深谷周圍沒有道路，所以不用擔心有人發現或是破壞這架飛機。

在下飛機之前，龍天心為他們兩人化了妝，現代高科技的易容術已經不再像過去那樣麻煩，只需要利用她手中的儀器在頸部植入一個晶片，智慧晶片就會改變面部肌肉的形態，乃至虹膜的特徵。

龍天心根據他們目前的樣子又分別製作了兩張身分證件。

羅獵看得目瞪口呆，看她的業務如此純熟，估計從事違法亂紀的事情也不是第一次了。

龍天心道：「人心不古所以得未雨綢繆，事實證明我做好準備是對的。」

兩人換上戶外登山服，偽裝成極限運動的愛好者。

一切準備就緒，他們離開了飛機，龍天心摁下隱形鍵，飛機瞬間在羅獵的眼前消失了蹤影，羅獵驚得瞪大了眼睛，龍天心拍了拍他的肩膀道：「老古董是不是大開眼界啊？」

羅獵道：「這就是隱形飛機？」

龍天心道：「你沒見過的還有很多。」她啟動攀岩系統，利用手套和鞋子在垂直的山崖上如壁虎一般爬行。羅獵重新回顧了一下她剛剛教給自己的方法，這才小心地爬了上去，手套貼在岩石上猶如生了根一樣，極其牢固，羅獵很快就適應了，他加速爬行和龍天心並行。

龍天心透過墨鏡望著一旁的羅獵不由得笑了起來：「怎麼樣？跟我一起亡命

天涯的感覺還不錯吧？」

羅獵道：「你是不是要進入凌天堡內尋找地玄晶？」

龍天心道：「廢話，這裡有礦啊！目前看來，就算是鐳射槍也殺不死注射化神激素的異能者，亨利研製的化神激素缺陷太多，改變也不少，我目前還沒有克制的辦法。」

羅獵道：「最壞的結果是什麼？」

龍天心道：「最壞的結果是他將這種化神激素大規模的使用，甚至利用這些激素來武裝一個部隊，戰鬥力會是何其的驚人！」

他們已經爬到了半山腰，龍天心單手抓住岩石，身體吊在懸崖上，不忘取出相機來了張自拍。羅獵皺了皺眉頭，她倒是還有閒情逸致。

龍天心問道：「我這個pose如何？」

「像猴！」羅獵一句話把龍天心氣了個半死。

陸劍揚終於決定去見麻雀，有些事必須向她說明，麻雀聽他說完龍天心和羅獵一起潛逃的事情，不由得長歎了一口氣。

陸劍揚道：「奶奶，根據我們對找到的三具屍體的解剖，那三具屍體都和正常人的生理結構有所不同，他們過去都是獵風科技的客戶，都接受過基因治療，我找到了他們擁有超強自癒能力的證據。」陸劍揚向前方探了探身，握住麻雀的雙手道：「奶奶，您還記得在我們小時候，您曾經跟我們說過的故事，關於化神激素的。」

麻雀呆呆望著陸劍揚：「你是說……他們三個全都注射了化神激素？」

陸劍揚道：「我不知道他們注射的到底是不是化神激素，但我可以肯定地說他們三人都擁有了異能。」

麻雀喃喃道：「怎麼可能？化神激素已經絕跡多年了，好多年，難道……」她想到了龍天心，這個相貌和顏天心一般無二的女子，應該是她將這種邪惡的化神激素帶到了現在，並利用化神激素獲取巨額的利潤。

陸劍揚道：「奶奶，我知道您不想讓我問羅獵的事情，可現在他和龍天心一起出逃，已經被發出內部通緝令，龍天心掌握的技術非常危險，如果她將這種技術散播出去，這個世界恐怕會陷入混亂和恐怖之中。」

麻雀道：「羅獵是個好人，你相信嗎？」

陸劍揚道：「奶奶，我相信您。」

麻雀道：「你答應我，不管遇到多大的困難，你一定要幫助他，盡可能地幫助他。」

陸劍揚不解地望著麻雀：「奶奶，您至少要告訴我，他到底是誰？他為什麼會認識龍天心？又為什麼會幫助她，保護她，您知不知道，他一個人就幹掉了兩名異能者。」

麻雀沒有說話，她的手輕輕撫摸著蜷曲在她身邊的雪獒。

陸劍揚道：「奶奶，羅獵的處境很危險，如果您什麼都不說，我又怎麼幫助他？」

麻雀道：「如果說這個世界還有一個人值得我信任，那就是他！」

陸劍揚心中一震，老太太等於回答了他的問題，而且明確地告訴他，就算是他們這些後輩也不如羅獵更值得她去信任，這個羅獵到底和老太太是什麼關係？

陸劍揚決定不再問下去了，他的目光落在沙發的扶手上，看到一根白色的長毛，他悄悄伸出手去，手扶在上面，悄悄將那根長毛撚在掌心。

羅獵率先登頂，他將手伸向崖邊的龍天心，龍天心毫不領情，自行爬了上來。她打開了一瓶水，喝了兩口，抬頭看了看天空道：「熱死了，蒼白山怎麼變得那麼熱？」

羅獵卻想起了蘭喜妹，想起了過去。

龍天心道：「這裡是不是有你很多的回憶？」

羅獵道：「不如你多，你在這躺了八百多年呢。」

龍天心笑了起來：「羅獵，我發現你心眼兒變小了，過去可不是這樣啊，什麼事情都要計較。」

羅獵道：「那也得看對誰。」

龍天心幽然歎了口氣道：「你還記得咱們第一次在凌天堡見面的情景嗎？」她此刻的神態和語氣完全和顏天心一模一樣。

羅獵冷冷望著她道：「以後你不許再學她的樣子，如果讓我再發現一次，我會把你一腳踢下去。」

龍天心道：「就算再怎麼精心地去學還是學不像的，除非是由心而發，你總覺得我是龍玉，從不認為我是顏天心，其實我誰都不是，我是兩人的結合體，一部分屬於龍玉，一部分屬於顏天心，換句話來說，她們兩個都沒有真正死過。」

羅獵道：「**一個連自己都不清楚自己的人，活著也是一種悲哀。**」

龍天心道：「我不覺得，羅獵，你如果不在乎又為何要生氣？你生氣就證明你從未真正放下過。如果時光能夠倒回，你是不是願意回到顏天心還活著的時候，嘗試去挽救她？是否會因為挽救她而放棄你的家人呢？」

羅獵被龍天心給問住了。

龍天心望著羅獵，她的目光漸漸變冷，突然她厲聲道：「你就是騙子，你心中從未真正愛過我！」

羅獵被她突然的爆發嚇住了，不知眼前的龍天心為何會如此激動。

龍天心卻又笑了起來：「我在模仿顏天心啊，你現在可以把我踢下去了。」

此時遠處一陣歡笑聲傳來，卻是四名年輕人沿著山路朝這邊走來。羅獵站起身來，準備啟程時，那四人中的一位年輕男子招呼道：「先生，先生您等等。」

羅獵停下腳步，那男子氣喘吁吁地跑到他身邊，向他笑道：「先生，可不可以麻煩您給我們四人拍個合影？」

羅獵點了點頭，這樣的要求總不好拒絕。

龍天心已經先行向前方走去。

羅獵拿起手機幫四人拍了照片，那小夥子笑道：「謝謝您。」

羅獵笑道：「不客氣，來玩啊？」

那小夥子點了點頭：「我們都是大學生，是同學，暑假約好了一起來爬山，這條路很少有人來的。」

遠處傳來龍天心的聲音：「是啊，很少有人來，天黑後會有狼群出沒，你們還是趕緊回去吧。」

聽到龍天心的這句話，四名年輕人同時笑了起來：「我們有四個人，你們只有兩個，遇到狼群更擔心的是你們吧。」

羅獵也笑了起來，年輕人的身上就是有種無所畏懼的精神。他笑道：「你們去什麼地方？」

那名年輕人指了指前方：「不遠了，那裡就是野生動物園，大概一個小時的路程就能夠到達那裡，現在野生動物園有夜間營地，今晚在那裡住宿，晚上可以和虎狼為伴，那是多麼刺激的一件事情。」幾名年輕人都露出興奮的表情，這樣的年齡最喜歡的就是冒險和刺激。

羅獵向他們道別，幾名年輕人走得很快，不一會兒已將羅獵和龍天心甩開。

龍天心道：「一群不知天高地厚的孩子。」

羅獵道：「人要是失去了冒險精神，社會就不會進步。」

龍天心道：「他們是不是去野生動物園啊？」

羅獵點了點頭。

龍天心道：「我們也去。」

羅獵道：「你什麼時候對看動物也有興趣了？」

龍天心道：「我看過地圖，通往凌天堡最近的路就是從野生動物園穿過去，不然咱們要繞黑虎嶺轉上大半圈。這些商人為了賣門票真是挖空了心思。」

羅獵道：「商人都一樣。」

龍天心道：「羅獵，別以為我聽不出來你在說我。」

進入大路之後，車輛和遊人漸多，在登山小火車站上，他們購買了車票，這種遊覽龍天心沒有任何興趣，所以一上車就用帽子遮住了面孔閉目養神，羅獵卻表現得津津有味，欣賞著車窗外的景色，想起最早來黑虎嶺坐纜車一路往上的情景彷彿就發生在昨天一樣。

途中可以看到形形色色的野生動物，多半都是從外地引進而來，羅獵想起了曾經在蒼白山遇到的血狼和巨猿，這些生物如果出現在這座動物園裡，只怕要引起全球轟動。

對面一個胖乎乎的小男孩望著羅獵笑瞇瞇的十分可愛，羅獵想起了自己的兒子，不知在過去的世界中自己已經消失了多久？羅獵很快給出了答案，消失的時間應該決定於自己回去的時間。

登山小火車到站之後，月台上有通往各大酒店的汽車，現在夜幕降臨，凌天堡那邊的參觀已經結束，也就是說他們想要進入凌天堡參觀，最早也要在明天上午九點。

他們決定在野生動物園內的叢林大酒店入住，龍天心去辦理入住手續的時候，羅獵在大廳內圍觀藝人的雜技表演。看得入神，龍天心來到他身後碰了碰他的肩膀道：「怎麼？是不是想起當初給蕭天行拜壽的情景？」

羅獵皺了皺頭，龍天心是故意在提起往事刺激自己，當年他和顏天心正是在蕭天行的壽宴上相識，龍天心之所以知道，是因為她侵入了顏天心的腦域，讀取了顏天心的記憶，她對當年的事情一清二楚。

羅獵道：「入住手續辦好了？」

龍天心揚了揚手中的房卡，羅獵道：「我的呢？」

龍天心道：「套房，你住在外面。」

羅獵道：「男女授受不親。」

龍天心禁不住笑了起來：「封建！」

到了房間羅獵才知道龍天心要的是套房，雖然共用客廳和書房，可臥室的盥洗室都是分開的。透過落地窗戶可以看到不同景致，北面的窗戶能夠看到猛虎在散步，南邊的窗戶可以看到十多頭狼。商家為了賺錢，想方設法提升旅遊體驗。

羅獵道：「與狼共眠，這能睡得好嗎？」

龍天心道：「你不用擔心，所有的玻璃都禁得住強力撞擊，別說是牠們，就算是象群都無法將玻璃衝破，不過，你要是不想看，可以落下窗簾。」

羅獵道：「閑著也是閑著……」

一隻血淋淋的羊頭突然被扔到了他對面的玻璃窗上，然後看到一頭猛虎凶猛地撲了過來，一口又將羊頭吞了下去，因為窗戶的密封很好，羅獵此前毫無察覺，所以被嚇了一跳。

龍天心道：「你害怕啊？」

猛虎吞下羊頭，一雙吊睛陰森森望著他們。

羅獵道：「牠在看著我們呢。」

龍天心道：「牠看不到的，這玻璃是單向可視，從裡面看得到外面，從外面看不見裡面。」

猛虎離去後，外面的清潔系統馬上啟動，將窗戶上的血跡洗刷得乾乾淨淨。

羅獵道：「現在怎麼喜歡看這種血腥的場景？」

龍天心道：「不是現在，過去就有，古羅馬人和人之間的血腥角鬥不是更殘忍。」她打開了電腦，開始點餐，裡面野味很多，龍天心看了一會兒，只點了兩樣素菜，她向羅獵道：「突然很想吃你下的陽春麵。」

羅獵道：「自己動手豐衣足食，改天我教你。」

龍天心居然答應了一聲。

晚餐有機器管家準時送到房間內，羅獵對這種所謂的人工智慧已經產生了懷疑，機器管家送餐的時候，他表現得非常警惕，隨時都能進入戰鬥狀態。他發現這邊的機器管家和龍天心過去所用的差不多，不禁問了一聲。

龍天心道：「不錯，這些機器管家都是我們獵風科技出品的。甚至包括這家野生動物園的老闆，也接受過我們的治療。」

羅獵聽到這裡內心頓時一沉，盯住龍天心道：「你說的是真的？」

龍天心點了點頭道：「我知道你在擔心什麼，這兩天你應該沒有關注新聞，除了在黃浦出現的那兩個異能者之外，並沒有新的異能者出現，也就是說，亨利並沒有針對獵風科技所有的客戶下手，可能他在等我屈服，也可能是他並沒有研製出那麼多的化神激素。」

羅獵道：「可能你把事情想得太樂觀了。」

龍天心道：「樂觀與否都不重要，重要的是我們先找到地玄晶。」

羅獵想到了一個問題，既然龍天心一開始就預見到有可能會發生問題，為什麼不提前準備地玄晶武器？他很快就想通了這件事的原因，龍天心本來的動機或許不是那麼單純，也不僅僅是以為人類解除疾苦為己任。不願準備地玄晶的武器，不是她的疏忽，而是出於保密的私心。

南邊窗外，狼群開始爭奪食物，羅獵落下了窗簾，他已厭倦了這血腥的場景。

龍天心道：「你有時候表現得真像是一個聖人。」

羅獵道：「這個世界上哪有什麼真正的聖人，食人間煙火，就會沾染上許許多多的毛病。」

龍天心道：「趕緊吃飯，好好休息，明天咱們還有許多的路要走。」

入夜，羅獵仍然無法入眠，他打開了窗簾，看到外面月色如霜，狼群蜷伏在遠方的山岩下，一切都恢復了安寧，坐在這裡，和外面只有一牆之隔，聞不到任何血腥的氣息，月光很美，夜色靜謐，羅獵感覺甚至連這些野獸也和過去都變得不同了，**如今的時代，每個人都生活在高牆中，甚至連動物也是一樣**。

羅獵越發懷念過去，他準備落下窗簾去睡覺的時候，忽然發現一頭狼的耳朵豎立起來，似乎感到了什麼，那頭狼邁著碎步來到了山岩上，立在山岩之巔，月光為牠的身軀留下一個優美的剪影，狼仰起頭，雖然羅獵沒有聽到，可是也知道牠在仰天嚎叫。

野生動物園內的生物雖然有一定的自由，可仍然改變不了牠們被囚禁的事實，羅獵忽然感覺自己也是一頭被囚禁的狼。

突然一道黑影從山岩下竄出，張開生滿利齒白森森的大嘴，一口就咬住了那頭狼的脖子。

羅獵內心驟然縮緊，雖然相隔遙遠，他卻已經從月光的映射看到牠身上飄灑的紅，血狼！羅獵第一反應是自己可能看錯，他揉了揉眼睛，再看的時候，那頭血狼已經撲入狼群中，群狼雖然都已驚醒，也看到了同伴被血狼一口咬死的場景，可是卻無一上前，這些被禁閉馴化後的所謂野狼，其實已經失去了原始的野性，面對弱小獵物的時候牠們尚有捕食的勇氣，可見到凶殘的血狼，牠們不約而同選擇了逃跑。

血狼將體型和自己相若的獵物拖到了平地之上，低下頭去享受著獵物。

羅獵靠近窗戶，望著那頭進食的血狼，不知這血狼是不是也被野生動物園所圈養，不過他記得龍天心說過，他們此前遇到的那些變異生物早已絕跡多年。這頭血狼因何存在？難道牠一直從過去活到了現在？

羅獵靜靜觀望著，不知是否還有新的血狼加入享用獵物的隊伍。

那頭血狼突然停了下來，牠緩緩向羅獵所在的落地窗走來，來到落地窗前，忽然向羅獵撲了上去，馬上遇到了玻璃的阻隔，血狼受阻之後並沒有選擇放棄，而是用兩條後腿支撐身體，整個立了起來，牠身材瘦長，立起的高度幾乎和羅獵相若。

羅獵站起身靠近血狼，血狼張開血盆大口做出撕咬的動作。羅獵心中暗奇，難道牠能夠看到自己？龍天心不是說，這玻璃單向可視的嗎？難道出了問題？

就在羅獵心中納悶的時候，周圍窗簾一個接著一個的開啟。

龍天心也沒有睡踏實，自從離開黃浦之後，她就一直休息不好，畢竟這次的挫折實在太大，龍天心正說服自己入睡的時候，感到窗簾開啟，她從床上坐了起來，看到周圍的窗簾都已經打開，這種周圍都是落地窗的全景設計，讓人有種置身荒野的感覺，一頭猛虎向自己的方向緩緩走來。

龍天心雖然明明知道有玻璃相隔，可仍然還是有些心驚，因為那頭猛虎的雙目分明在盯著自己。

猛虎發出狂吼，然後撲向室內的龍天心，牠的身體重重撞擊在玻璃窗之上。

此時龍天心聽到敲門聲，外面傳來羅獵的聲音道：「快，我們必須要馬上離開這裡！」

龍天心應了一聲，她起身去衣櫥拿衣服，拉開衣櫥的櫃門，裡面一條手腕粗細的眼鏡蛇昂首吐舌做出攻擊的姿態，龍天心嚇了一跳，她顧不上拿衣服，轉身就逃。

猛虎不停衝撞著玻璃，此時一頭犀牛從一旁橫衝而來，堅硬的犄角一下就將猛虎挑到了半空中，那犀牛撞飛猛虎之後，緩緩轉過頭來，牠也看到了室內的龍天心，血紅色的小眼睛鎖定了龍天心，然後如同重型坦克一般向落地窗撞去。

龍天心原來說過，就算是象群也無法將玻璃撞開，可是在犀牛獨角的撞擊下竟然出現了龜裂，龍天心看到宛如蜘蛛網般迅速擴展的裂口，內心大駭，她哪還敢有絲毫的猶豫，赤著腳穿著內衣以驚人的速度來到了門前，拉開房門，尖叫道：「牠們衝進來了……」話音剛落，犀牛已經撞碎了落地窗，慣性讓牠一直衝到了衣櫥，獨角將衣櫥戳了個稀巴爛。

羅獵看到龍天心一身內衣就衝了出來，雖然龍天心的身材絕佳，可在這樣的情況下羅獵也沒有欣賞的心情，抓住龍天心的手，向外面逃去。他們尚未靠近大門，就聽到外面傳來尖叫和哭號之聲，顯然這些野獸已經衝進了酒店。

羅獵抄起燭台，將房門拉開一條縫，卻看到外面成群結隊的野獸正在瘋狂捕食著客人，一頭成年的大象剛好從門前經過，羅獵趕緊將房門關閉。

那頭犀牛已經撞開了裡面的房門衝了過來，羅獵將燭台交給了龍天心道：「我引開牠，你再回去。」

龍天心驚聲道：「什麼？」裡面已經沒有了窗戶的隔離，不知有多少野獸會衝進來。可她馬上就明白了羅獵的意思，其實外面也是一樣，現在已經沒有了絕對的安全區域，到處都是一個樣子。

羅獵扯下桌布，向犀牛揮舞著，犀牛猩紅色的小眼睛被羅獵成功吸引了注意力，牠先是輪番抬了一下兩隻粗短的前蹄，然後低下頭顱，宛如一頭推土機般向羅獵直線衝去，根本無視前方的障礙，桌椅板凳，只要是牠經行之處全都如同摧枯拉朽一般撞飛。龍天心咬了咬嘴唇，趁著犀牛主攻羅獵的時候，向自己的房間狂奔。

羅獵在犀牛即將到來之前，猛地一抖桌布，閃身從犀牛身邊躲過，犀牛撞了個空，想要停下腳步，可惜笨重的身體根本反應不過來，獨角撞在落地窗上，將這一面的落地窗又撞了個粉碎。

一直在外面徘徊的血狼發出一聲淒厲的嚎叫，原地騰躍撲到了犀牛的背上，一口咬住犀牛的脖子，牠的牙齒雖然鋒利，可是犀牛的皮膚也極其堅韌，這一口竟沒有咬進去，犀牛低頭將血狼甩了出去，然後低頭想用獨角將血狼挑起。

血狼行動靈活，原地一個翻滾就爬了起來，在犀牛發動攻擊之前，已經衝入房內，在嘗到犀牛的厲害之後，血狼也放棄了和牠搏殺的打算。

龍天心看了看破破爛爛的衣櫃，裡面爬滿了眼鏡蛇，她的行裝都在裡面，可是借她一個膽子，她也不敢去拿。

羅獵隨後跑了進來，看到龍天心仍然呆在那裡，大吼道：「傻愣著幹什麼？快走！」

龍天心這才反應過來，跟著羅獵一起從剛才被犀牛撞碎的落地窗逃到了外面，外面極其混亂，各種動物之間的隔離帶已經被打開，動物之間彼此相互捕食殘殺，驚慌失措的客人也有不少逃到了這裡，羅獵從地上撿起石塊，全力扔了出去，龍天心順著他投擲的方向望去，看到那石塊正中一頭猛虎的鼻子，砸得那頭猛虎鼻血長流哀嚎一聲，掉頭就走，放棄了攻擊他們的打算。

羅獵向周圍看了看，很快就辨明了方向，想要脫困最好的辦法就是儘快到達停車場，在那裡有不少景區的車輛，只要他們能夠上車，就可以暫時躲避這些凶猛的野獸。

龍天心跟著羅獵跑了幾步，忽然哎呦叫了一聲，卻是剛才逃跑的時候，足底不慎扎入了玻璃。

羅獵看她一瘸一拐的樣子，無奈搖了搖頭，躬身道：「你上來我背著你。」

龍天心也沒有跟他客氣，趴在了他的身上，羅獵背起她向停車場的方向大步奔跑，龍天心緊貼在羅獵的身上，她只穿了一身內衣，無論是前生還是今世她都沒有嘗試過和一個男人如此親近過，龍天心俏臉發熱，內心怦怦直跳，因為害羞甚至忘記了自己的危險處境。只是覺得什麼都不用去管，反正有羅獵在，他一定能夠帶著自己逃出困境。

羅獵逃出一段距離，發現前方有二十多頭狼堵住了道路，被堵住道路的斑馬群調轉方向朝著他們跑了過來，這群斑馬有數百頭之多，還未靠近，就已經感到地面震動，宛如地震來臨。

羅獵的臉色變了，如果被這群斑馬撞倒在地，只怕會被踩踏成為肉泥，他的目光向周圍望去，看到了不遠處有一棵大樹，羅獵背著龍天心向那棵樹逃去，來到樹下，他大聲催促龍天心上樹。

龍天心沿著他的身體攀爬上去，踩著他的肩膀爬到了樹上，可龍天心剛剛爬到樹上，斑馬群就已經來到了近前，羅獵還沒有來得及爬上去，他的身影就被斑馬群淹沒。

龍天心看到消失不見的羅獵發出一聲撕心裂肺的尖叫：「羅獵！」她竟然流淚了，斑馬群接二連三地從下方狂奔而過，掀起的煙塵讓龍天心看不清下方的情景，她的腦海也變得一片空白。龍天心從未感到如此傷心，羅獵若是死了，自己怎麼辦？

狼群追逐著斑馬群從樹下經過，塵煙漸漸散去，樹下只有密密麻麻的蹄印，根本沒有羅獵的身影，龍天心失魂落魄地從樹上爬了下來，四處尋找羅獵的身影，顫聲叫道：「羅獵……羅獵你在哪裡？」

龍天心忽然停下了呼喊，因為她看到不遠處一頭青狼正望著自己，龍天心咬了咬嘴唇，從地上撿起一根樹枝，這種時候，她只能依靠自己了。

青狼緩緩向龍天心走來，越走越快，牠開始奔跑騰躍，龍天心雙手揚起樹枝狠狠揮了出去，卻打了個空。

她聽到骨骼碎裂的聲音，青狼就倒在她的面前，一塊飛來的石頭砸中了青狼的腦袋，龍天心轉身望去，卻見羅獵騎在一頭斑馬的身上，剛才正是他扔出石頭在危險關頭救了自己。

龍天心抹去臉上的淚水，她笑了起來：「我就知道你沒那麼容易死！」

羅獵翻身從斑馬身上跳了下來，剛才斑馬群衝來的時候，他已經沒時間爬上大樹，所以只能看準機會爬到了一匹斑馬的背上，他控制住了那匹斑馬，在奔行一段距離躲開狼群之後又繞行了回來，剛好看到龍天心遭遇險情，羅獵及時扔出石頭救了龍天心。

龍天心朝羅獵走了幾步，腳印沾滿了血跡。羅獵沒有說話，轉身蹲了下去，龍天心感到一陣溫暖，羅獵雖然不說話，可仍然是關心自己的。

羅獵看到了前面的燈光，他們距離停車場已經不遠，然而停車場的方向不時傳來槍聲和慘叫聲，看來停車場的狀況也不容樂觀。龍天心道：「整個野生動物園的安防系統都出了問題。」

羅獵道：「不是偶然吧？」

不是偶然就是人為破壞，龍天心暗忖，這件事難道是針對他們？好像又不太可能，畢竟他們並沒有以本來的身分入住。羅獵閃身到建築物的黑影中，前方一人亡命逃跑，可沒跑出幾步就被後方追逐的黑熊撲倒在地。

羅獵看到不遠處的窗戶開著，背著龍天心悄悄進入，他們從窗戶進入房內，一道黑影衝了上來，揮刀向羅獵刺去，羅獵眼疾手快，一把抓住了對方的手腕，就勢一擰，對方發出一聲痛苦的嚎叫，手中刀噹啷一聲落在了地上。

借著外面的燈光，羅獵認出這名襲擊者竟然是他們白天所遇的大學生之一，羅獵放開了他，那大學生這才意識到進來的並不是野獸，他歉然道：「我……我們太害怕了……」

從暗處又走出兩位女孩，都是他的同學，羅獵此前都見過，那位男同學已經被野獸殺死了。羅獵向他們點了點頭算是打了個招呼，龍天心一瘸一拐地找了張椅子坐下，每走一步足底都宛如刀割。

羅獵發現這是一間警務室，他從警務室內找到了一個醫藥箱，來到龍天心面前，示意龍天心將腳抬起來，幫她清理足底的傷口，龍天心強忍著痛。

羅獵道：「你的藥那麼好為什麼自己不用，留給別人用？還真是大公無私捨己為人。」

龍天心咬著嘴唇，滿頭是汗，她顫聲道：「你盡情地挖苦我吧。」

羅獵道：「這些野獸為何如此殘暴？」

龍天心道：「為了保持牠們的野性，動物園的管理方每隔一段時間會給牠們注射激素，以保證牠們的野性不會退化得太厲害。」

羅獵道：「也是你們公司生產的？」

龍天心沒有說話，等於是默認。

羅獵歎了口氣，用鑷子將龍天心足底最大的一塊碎玻璃拽了出來，龍天心痛得慘叫了一聲。

羅獵用止血凝膠幫助她的傷口止血，然後又幫她包紮起來。此時幾名大學生道：「老虎……外面好多老虎……」

羅獵道：「有心情害怕還不如仔細找找，這裡還有沒有可用的武器。」

羅獵的話起到了穩定軍心的作用，三名大學生都開始四處尋找了起來。

羅獵將龍天心的腳包好，龍天心自始至終笑瞇瞇望著羅獵，等到羅獵結束了包紮，她柔聲道：「謝謝！」

羅獵沒有搭理她，轉身去洗了把手，透過窗戶望去，外面的混亂仍然在繼續，人們大都退到了對面的觀景台上，那裡居高臨下，易守難攻。動物園的警衛封鎖了幾個入口，可危機很快就到來了，因為觀景台是露天的，雖然他們能夠暫時防住走獸的進攻，但是一片黑壓壓的飛禽來到了他們的頭頂。

警衛們瞄準空中開槍，禿鷲和山鷹中彈後不時墜落下去，也有躲過子彈的猛禽撲向人群，躲在觀景台上的人們利用石塊和木棍和猛禽近距離廝打著。

停車場內停著不少的車輛，有部分汽車已經被掀翻，周圍有不少屍體，此前也有遊客冒險衝向停車場試圖駕車離開，可是沒等他們靠近汽車就被猛獸撲倒。

那三名大學生找到了一支霰彈槍，還發現了兩支消防斧。

羅獵道：「你們會開槍嗎？」三人同時搖了搖頭，羅獵將霰彈槍扔給了龍天心，接過一柄斧頭，向那名男學生道：「我衝在前面，你負責斷後，咱們護送她們三個去那輛汽車！」羅獵指了指距離他們最近的一輛觀光車。

男學生蒼白，雙手握著消防斧明顯在顫抖著。

羅獵拍了拍他的面頰，大聲道：「打起精神，你是男子漢，記住，男人就該無所畏懼，大不了就是一死，沒什麼好怕！」

「是……」

羅獵道：「你叫什麼？」

男學生顫聲道：「周……拓……」

羅獵道：「有沒有喜歡的人？」周拓向其中一位女生看了一眼，她叫于曉蓮，周拓一直暗戀她，可是還沒有來得及表白。羅獵大聲道：「那就為了她活下去！」他抬腳踹開了房門，一頭早已守在門口的金錢豹撲了過來，羅獵眼疾手快，一斧劈在金錢豹的面門上，金錢豹哀嚎一聲，被羅獵一斧頭劈翻在地。

龍天心一瘸一拐地跟在羅獵的身後，羅獵給她的雙腳纏了兩層繃帶，裡面的是為了掩蓋傷口，而外面的故意纏得很厚，這等於給她套了雙鞋子。

龍天心舉槍瞄準了右側，蓬！霰彈槍將兩頭衝向他們的野狼射得倒飛了出去，落地之時已經是血肉模糊，龍天心暗讚，這槍威力不小。

兩名女學生在他們三人的護衛下向觀光車靠近，他們行進到中途的時候，有不少野獸已經發現了他們的動向，紛紛向他們靠近而來。

羅獵提醒他們加快步伐，龍天心槍法很準，接連射殺了五頭意圖靠近他們的野狼，此時他們距離觀光車已不遠，羅獵大聲道：「周拓，帶你同學先上車。」

請續看《替天行盜》第二輯卷五 紫府玉匣

替天行盜 II 卷4 核心科技

作者：石章魚
發行人：陳曉林
出版所：風雲時代出版股份有限公司
地址：10576台北市民生東路五段178號7樓之3
電話：(02) 2756-0949
傳真：(02) 2765-3799
執行主編：劉宇青
美術設計：許惠芳
行銷企劃：林安莉
業務總監：張瑋鳳

初版日期：2022年4月
版權授權：閱文集團
ISBN ：978-626-7025-59-8
風雲書網：http://www.eastbooks.com.tw
官方部落格：http://eastbooks.pixnet.net/blog
Facebook：http://www.facebook.com/h7560949
E-mail：h7560949@ms15.hinet.net
劃撥帳號：12043291
戶名：風雲時代出版股份有限公司

風雲發行所：33373桃園市龜山區公西村2鄰復興街304巷96號
電話：(03) 318-1378
傳真：(03) 318-1378
法律顧問：永然法律事務所 李永然律師
　　　　　北辰著作權事務所 蕭雄淋律師

行政院新聞局局版台業字第3595號 營利事業統一編號22759935

定價：290元

國家圖書館出版品預行編目資料

替天行盜 第二輯 ／石章魚 著. -- 臺北市：風雲時代出版股份有限公司，2022.02- 冊；公分

ISBN 978-626-7025-59-8（第4冊；平裝）

857.7　　　　　　　　　　　110022741